Blutrote Nächte

AF175151

Kriminalroman von Steffan Witsch

Wutentbrannt stürmte die blonde, siebzehnjährige Patrizia Hush aus dem Tanzlokal Atlantis in der Pineaple Street im Osten Brooklyns ins nächtliche Freie. Es war ein Uhr morgens und eiskalt in dieser Februarnacht 1968.

Das blutjunge Mädchen trug lediglich ein rotes Minikleid und weiße, hochhakige Lackstiefel, deren Schäfte bis zum Knie reichten.

Die Straße war nur spärlich beleuchtet und es parkten nicht mehr viele Autos vor der Discothek. Durch die offenen Fenster hämmerte der Gitarrensound von Jimmy Hendrix auf den einsamen Bürgersteig.

Patrizias Ärger verrauchte umgehend. Sie musste an den langen Nachhauseweg denken. Die nächste U-Bahnstation war weit entfernt und wahrscheinlich fuhr gar kein Zug mehr um diese Zeit. Und ein Taxi konnte sie sich nicht leisten. So stand sie vor Kälte zitternd auf dem Gehsteig und hopste von einem Bein auf das Andere. Vielleicht sollte sie den banalen Streit mit Mike vergessen und wieder ins Lokal zurückgehen. Doch ihr Stolz weigerte sich. Warum flirtete Mike auch so offensichtlich mit der rothaarigen Hexe. Das war richtig fies von ihm. Geschah ihm nur recht, dass sie ihm das Bier über den Kopf goss. Dieser eingebildete Affe. Nein, sie würde nicht zu ihm zurückgehen. Diese Genugtuung würde sie ihm niemals gönnen. Irgendwie kam sie schon nach Hause.

Langsam fuhr ein Wagen mit abgeblendeten Scheinwerfern am rechten Fahrbahnrand auf sie zu.

Was für ein Glück, dachte Patrizia. Sie war süße siebzehn Jahre, ein bisschen naiv, ein wenig jugendlich leichtsinnig. Sie war schon öfters per Anhalter in der Nacht heimgefahren. Was sollte schon passieren? Schnell fasste sie einen Entschluss. Sie trippelte auf ihren hohen Absätzen auf das mit Schritttempo dahin rollende Fahrzeug zu und klopfte an das Seitenfenster.

Sofort hielt der Sportwagen an und die Glasscheibe senkte sich elektrisch nach unten. Unbekümmert steckte Patrizia den Kopf durch den Türrahmen. Die tiefsitzende Baseballmütze verdeckte das Gesicht des Fahrers. Patrizia achtete nicht darauf.

„He, Mister, nehmen Sie mich mit? Ich muss nach Queens, Greenpoint Avenue. "

Statt einer Antwort wurde ihr die Beifahrertür geöffnet.

Erfreut nahm Patrizia die Einladung an, stieg ein und schlug die Tür wieder zu. Geräuschlos glitt die Fensterscheibe aufwärts. Angenehme Wärme hüllte Patrizia ein.

Am Lokalausgang tauchte Mike auf und hielt Ausschau nach ihr.

„Blödes Arschloch!" sagte Patrizia laut.

„Dein Freund?", fragte der Mann am Steuer und fuhr gemäßigt an.

Der suchende Mike entdeckte den feuerroten Ford Mustang und die darin sitzende Patrizia und rannte mit wedelnden Händen auf sie zu. Er rief etwas, aber Patrizia verstand kein Wort. Doch sie winkte ihm aus dem Auto nur verabschiedend zurück.

Der Fahrer mit der Baseballmütze gab Gas.

Verzweifelt lief Mike auf der Straße dem Wagen hinterher. Nach fünfzig Meter erkannte er die Sinnlosigkeit seines Tuns und blieb nach Luft schnappend stehen. Und er sah noch wie die roten Schlusslichter des Fords in der Finsternis entschwanden.

Behaglich kuschelte sich Patrizia in den lammfellbezogenen Autositz. Der rote Rock rutschte dabei hoch. So weit, dass zwischen den weißen Schenkeln der Saum des schwarzen Unterhöschen hervor blitzte.

„Was ist nun? War das dein Freund?"

Patrizia lachte eine Spur zu schrill.

„Wer? Dieser unreife Arsch? Ich habe mit ihm getanzt. Mehr war nicht. Er ist nicht mein Freund."

„Wie alt bist du?"

„Neunzehn", log sie.

Gelegentlich erhellten Reklamelichter oder Straßenlaternen das Fahrzeuginnere, dann sichtete sie die untere Gesichtspartie eines jungen Mannes. Bartloses Kinn, schmale, farblose Lippen, Aknehaut.

„Hast du Lust auf Sex?", fragte er plötzlich.

Eine leichenkalte Hand berührte ihr Knie. Patrizia erschrak beinahe zu Tode.

„Sag schon, willst du mit mir Liebe machen?" Frostige Finger spazierten an ihren Innenschenkeln hoch.

Die Angst schnürte ihre Kehle zu.

Der Wagen bog vom Brooklyn-Queens-Expressway über die Williamsbridge.

Ihre Zunge löste sich. „Ich will hier raus!", schrie sie plötzlich. „Sofort anhalten, lassen Sie mich sofort raus!" Sie langte nach dem Türgriff. Doch der war nicht angeschraubt und sie hielt ihn voller Bestürzung in der Hand.

„Bleib ruhig, Baby. Du kommst hier nicht raus. Du gehörst heute Nacht mir allein."

„Wo…wo bringen Sie mich hin? Was haben Sie vor?"

Wie verrückt hämmerte ihr Puls und Panik kroch in ihr Gehirn. Ihr wurde grausam bewusst, dass es ein verhängnisvoller Fehler gewesen war in diesen Ford Mustang einzusteigen.

Sie überquerten die Williams-Bridge. In der Tiefe glänzte die schmutzige Eisfläche des East Rivers.

Rau sagte der Pickelgesichtige: „Spiel hier nicht die Unschuldige vom Lande, du Schlampe. Du bist doch freiwillig bei mir eingestiegen. Du willst doch vernascht werden. Du bist ganz geil auf mich, gib es einfach nur zu."

„Nein, nein, das ist nicht wahr. Ich wollte doch nur nach Hause.", jammerte Patrizia und drückte sich ganz fest gegen die Beifahrertür.

Um sicherer lenken zu können, nahm er die Hand von ihrem Schenkel und zwang den Wagen in die Kurve zur Houston Street, welche in den East River Park führte.

Nach wenigen Minuten erreichten sie den menschenleeren, unbeleuchteten Park. Die Räder holperten über den Schotterweg hinweg und kamen zwischen kahlen Alleebäumen zum Stillstand. Die Scheinwerfer erloschen, der Motor tuckerte im Leerlauf weiter.

Von der Hauptstraße her war der Ford Mustang nicht mehr zu sehen.

Tintenschwarze Dunkelheit und Totenstille umringte die Insassen.

Angstgelähmt kauerte das Mädchen im Sitz.

„Komm schon, du Flittchen", sagte er mit erwartungsvoller Erregung. „Lass mich nicht länger warten. Zeige mir deine Liebe. Ich will doch nur etwas Zärtlichkeit."

Patrizia schrumpfte noch mehr in sich zusammen.

Er wurde ungeduldiger. „Komm her zu mir. Lass dich nicht so betteln!"

„Bitte, tun sie mir nichts!", flüsterte sie kaum hörbar und voller Todesfurcht. „Ich habe es noch nie getan. Ich…ich bin doch noch Jungfrau."

Ein gemeines Lachen antwortete ihr.

„Jungfrau bist du? Willst du mich verarschen? Ich lache mich tot! Ihr verdammten Huren treibt es jede Nacht mit einem anderen. Aber keine will mit es mit mir tun. Auf einmal wollt ihr unberührt und unbefleckt sein. Ich rieche doch deine Geilheit. In Wirklichkeit bist du ganz scharf auf mich!"

Gewaltsam drängte er seine Hand durch ihre zusammen gepressten Knie. Vergeblich kämpfte sie dagegen an. Aber die Hand war stärker, drückte die zitternden Schenkel auseinander, verkrallte sich in den Slip und zerfetzte den dünnen Stoff.

„Ich mache alles, was Sie wollen", weinte sie erstickt. „Alles was Sie wollen, nur tun sie mir nicht weh und töten sie mich nicht."

„Zu spät, du Flittchen, zu spät! Du bist es nicht wert länger zu leben!"

Und dann blinkte in der Finsternis des Wageninneren eine Messerklinge auf. Markerschütternd schrie Patrizia. Aber niemand, außer ihrem Mörder, konnte ihren Todesschrei hören. Sie schrie noch weiter, auch als die Stahlklinge in ihr Herz gerammt wurde und das Blut wie eine Fontäne aus der Wunde an die Windschutzscheibe spritzte. Irgendwann, beim achten oder neunten Messerstich, verstummte Patrizia Hush. Ausgeblutet, abgeschlachtet, badete sie in ihrem eigenen Blut. Wie von Sinnen stach der Mordlüsterne immer weiter auf sie ein, obwohl sie bereits eine Ewigkeit tot war.

Nach einer endlos scheinenden Zeit öffnete sich der Wagenschlag und ein Körper stürzte auf die beinhart gefrorene Erde. Abermals verstrich eine Ewigkeit, bis die Gestalt sich aufrichtete und um das Fahrzeug taumelte. Sie sperrte den Kofferraum auf, legte achtlos die blutgetränkten Kleider ab und holte eine Spitzhacke heraus. Damit schleppte sich der Mörder zum nahe gelegenen Ufer des gefrorenen East Rivers.

Die Nacht war schwarz und mondlos und frostig wie der Tod.

Mit der Axt zertrümmerte der nackte Mann das Eis des Flusses. Er schlug ein Loch in der Größe eines Kanaldeckels. Dann glitt die menschliche Bestie in das eisige Flusswasser und wusch sich von dem Blut rein.

**

Der obdachlose Bill Murdock war sechzig Jahre alt und lebte seit vielen Jahren in den Slums von New York City. Er war ein Stadtstreicher, ein Ausgestoßener der Gesellschaft, ein Subjekt, das lediglich in der seelenlosen Millionenmetropole zu überleben versuchte. Murdock war ein Niemand. Er gehörte keiner Gruppe an, trat keiner Sekte bei, besaß weder Familie noch Freunde, aber auch keine Feinde. Eigentlich existierte er gar nicht.

Murdock versuchte jeden Tag zu überleben. Ihn interessierten kein Datum und keine Zeit. Er wusste nur es war ein kalter langer Winter. Wie so oft streunte er durch die engen Gassen Brooklyns und wich den wenigen Menschen aus, denen er in dieser Nacht begegnete. Er versteckte sich vor den Polizeipatrouillen in den düsteren Hinterhöfen. Die Kälte durchdrang den dünnen, verschlissenen Stoffmantel und nagte an den Eingeweiden. In den überquellenden Mülltonnen stöberte er nach Essbaren, verscheuchte fette Ratten und fand manchmal schimmelige Brotreste und ranzige Fleischbrocken.

Müde und frierend setzte sich Murdock in der Mitte einer Steintreppe nieder, welche die Straße mit dem darunterliegenden East River Park verband.

Beinahe hätte er das Auto übersehen, das im Schatten der blattlosen Bäume parkte und nur vom weißgrauen Auspuffqualm des laufenden Motors verraten wurde.

Ein Liebespaar, dachte Bill Murdock. Bedächtig kaute er an einer zähen Speckschwarte, zerrte dann eine angebrochene Weinflasche aus der ausgebeulten Manteltasche, entkorkte sie und trank einen mächtigen Schluck.

Er hockte allein auf den ausgekühlten, feuchten Betonstufen und wartete und wusste nicht auf was, während ihm der Frost die Gedärme zusammenzog.

Sorgsam verstöpselte er die Flasche, verstaute sie wieder im Mantel und erhob sich. Eine innere Stimme sagte ihm, er solle weglaufen, aber der rote Ford Mustang sendete magnetische Kräfte aus und er konnte nichts dagegen tun.

Der alte Mann schlürfte die Treppe hinunter und näherte sich über den Kiesweg dem Fahrzeug. Vernehmlich knirschten die Steinchen unter seinen löchrigen Turnschuhen. Je geringer der Abstand wurde, desto langsamer wurden seine Schritte. Noch könnte er umdrehen und abhauen. Noch war nichts geschehen.

Die horrende Kälte nahm zu.

Nun sah er, dass der Kofferraumdeckel hochgeklappt war. Die Neugier siegte über seine Besorgnis und er trat an das Auto heran.

Dichte Nebelschwaden krochen vom Flussufer und verwandelten die Gebüsche in gespenstische Konturen.

Im Kofferraum türmten sich hingeworfene Kleidungsstücke. Daneben eine geschlossene Sporttasche. Murdocks erster Impuls war, die Tasche an sich zu reißen und damit schleunigst das Weite zu suchen. Doch er beherrschte sich, unterdrückte die aufsteigende Furcht.

Wo war der Wagenbesitzer? Der Stadtstreicher blickte sich um.

Die Dunstwaben am Ufergestade verdichteten sich immer mehr. Eine undurchsichtige weiße Wand. Nur das nervtönende Ventilklappern des nagelnden Motors war zu hören.

Ein starker Hustenanfall plagte Murdock und der feuchte Atem gefror in der eisigen Luft. War da nicht noch ein anderes Geräusch. Es klang vom Fluss her. Oder narrten ihn bereits die Sinne? Seine altersschwachen Augen versuchten die Nebelwand zu durchdringen. War da irgendwer draußen auf dem Fluss? Murdock glaubte leises Wasserplätschern zu wahrnehmen.

„Mensch Bill, alte Memme", sprach er sich Mut zu. „Warum ängstigst du dich? Da schwimmt ein Verrückter mitten in der Nacht bei fünfzehn Grad Minus im See. Na und? Nütze die Gelegenheit, klaue die Tasche und mache dich aus dem Staub, bevor der Bekloppte zurückkommt."

Aber wiederholt ignorierte er die innere Stimme. Ihn schien der Teufel zu reiten. Er musste einen Blick ins Fahrzeuginnere werfen. Vielleicht war da noch viel mehr zu holen. Wachsam schlich Murdock nach vorne. Auch die Fahrertür stand weit offen. Er spähte den Innenraum und traute den Augen nicht.

„Mein Gott", entfuhr es ihm.

Auf dem Beifahrersitz lag ein Mädchen in grotesker Position. Murdock hatte in seinem langen Pennerdasein bereits viel erlebt. Auch hatte er schon manche Leichen gesehen. Doch noch nie einen so barbarisch entstellten Menschen. Der Mädchenkörper war halb entblößt, die Bluse zerfetzt, der Minirock hochgeschoben, unzählige Stiche im Unterleib, im Oberkörper, an Armen und Beinen. Das Gesicht war bis zur Unkenntlichkeit verunstaltet und überall nur Blut. Blutspritzer an der Windschutzscheibe, an der Fensterscheibe, auf dem Armaturenbrett, in den Sitzen.

Übelkeit überkam Murdock und er musste sich übergeben.

Aus den Nebelschleiern bewegte sich ein undefinierbares Wesen auf ihn zu. Der alte Murdock hätte immer noch Zeit gehabt die Flucht zu ergreifen. Er sah die mörderische Gefahr auf sich zukommen. Jedoch die Polarkälte bohrte sich in seine morschen Glieder und lähmte ihn. Er war nicht mehr fähig dazu, auch nur ein Bein zu bewegen.

Die unheimliche Gestalt aus dem Nebel kristallisierte sich. Ein pudelnackter Mann entstieg dem Fluss und das Seewasser triefte über den hageren Leib. Schritt für Schritt näherte er sich dem erstarrten Murdock. Und der spürte die unheilvollen Blicke.

Ängstlich stammelte er: „Ich habe nichts…gar nichts gesehen, Mister! Ich bin blind wie ein Maulwurf. Ich habe nichts gesehen, auch nicht das tote Mädchen."

Wie hypnotisiert stierte er auf die rechte Hand des Unbekannten. Die umfasste eine langstielige Spitzhacke.

„Geh! Verschwinde, Opa! Mach das du wegkommst!", sagte der nackte Mann mit einer verscheuchenden Geste.

Grenzenlos erleichtert drehte sich Murdock ab. Er wollte weg, nur weg vom Ort des Grauens. Und er sah nicht, wie der Hüllenlose den Eispickel hinter ihm hochschwang.

Das letzte Geräusch im armseligen Leben des Bill Murdock war der säuselnde Ton über seinem Haupt, den die niedersausende Axt verursachte, bevor sie ihm den Hinterkopf spaltete. Die Wucht des Hiebes schmetterte Murdock auf den Kiesweg und sein Mörder musste den Stiel loslassen. Die Finne war so tief eingedrungen, dass sie kaum mehr zum herausziehen war.

Regungslos blieb der Erschlagene auf dem Gesicht liegen. Aus dem aufge-
klappten Hinterschädel quoll die blutige Gehirnmasse. In der Manteltasche
zerbrach die Weinflasche und die Restflüssigkeit tränkte das Hosenbein.
Unaufhaltsam hauchte Bill Murdock sein Leben aus.
Der Unhold ging zum Kofferraum, öffnete die Sporttasche, entnahm ein
Handtuch, rubbelte den bleichen Leib trocken und schlüpfte in den dunkel-
blauen Sportanzug. Dann verließ er ohne Eile den düsteren Tatort. Die
Schritte verhallten und die Gestalt verschmolz mit der Dunkelheit der Nacht.

***

New York City begrüßte den neuen Besucher nicht gerade enthusiastisch.
Das Wetter zeigte sich unfreundlich, kühl und regnerisch.
Es war der 21. März 1968, zehn Uhr vormittags. Die Maschine aus Winnipeg, Kanada, landete pünktlich.
Ungehindert passierte der Ankömmling den Zoll und marschierte durch die
belebte Flughafenhalle dem Ausgang zu. Sein einziges Gepäckstück war eine
blaue Reisetasche. Gleich darauf stand er inmitten des weitläufigen Vorplat-
zes und der Verkehrslärm, das Gedränge und die Hektik trafen ihn wie ein
Schlag. Darauf war er nicht vorbereitet. Er hatte vergessen wie der Hexen-
kessel New York brodelte. Drei lange Jahre war er weg gewesen. Drei Jahre
um die Vergangenheit zu begraben.
Der ehemalige Idlewild-Flughafen nannte sich jetzt John F. Kennedy Interna-
tional Airport. Zum Gedenken an den US-Präsidenten, der 1963 einem At-
tentat zum Opfer fiel.
Der Fremde bahnte sich einen Weg durch die Menschentraube und suchte
den Taxistand an der Haynes Avenue.
Rücksichtslos rempelten ihn zwei Männer beiseite und schnappten ihm den
gelben Taxiwagen vor der Nase weg.
„He, Mister! Steigen Sie schon ein!", rief der nachrückende Wagenlenker
gutmütig und stieß ihm die Beifahrertür auf. „wenn Sie hier Wurzeln schlagen, kommen Sie nie an ihr Ziel."
Der Neuling warf die Reisetasche auf die Rückbank und setzte sich neben
den Chauffeur.
„Wohin soll es gehen, Stranger?", erkundigte der sich und legte den ersten
Gang des Automatikgetriebes ein.
„Ich weiß nicht", entgegnete sein neuer Passagier nachdenklich. „vielleicht
nach Manhattan. Ein gutes preiswertes Hotel."
„Sind sie fremd in New York? Das erste Mal in unserer Stadt?"

Sein Fahrgast blickte teilnahmslos durch die Seitenscheibe. „Ja", sagte gedehnt. „Ich bin fremd in New York, -trotzdem empfehle ich Ihnen den Van Wyck-Expressway nach Manhattan zu nehmen und nicht den Southern Parkway, der führt nämlich nach Nassau Country. Und von Nassau Country hinüber nach Manhattan ist ein bisschen ein weiter Umweg, okay?"

Beeindruckt schwieg der Taxidriver und versuchte unauffällig seinen Kunden zu mustern. Groß, hager, dunkelgrauen Trenchcoat, schwarzer Hut, dunkle Krawatte. Scharfes, markantes Profil. Winzige Brandnarben an Wange und Kinn. Dunkles, fast schwarzes Haar, das im Nacken auf den Mantelkragen fiel. Ein hartaussehender, aber kein hässlicher Mann. Ein Typ, mit dem nicht gut Kirschen zu essen war. „Vielleicht ein Cop", rätselte der Lenker. „ein Geheimagent, möglicherweise ein Waffenhändler…"

Unerwartet drehte der Fahrgast den Kopf und die hellblauen Augen, die wie Gletschereis blitzten, sahen ihn direkt an. Verlegen wich er den durchdringenden Blick aus und konzentrierte sich auf den Straßenverkehr. Nach einer Weile sagte er: „Das Ambassador in der West 215the ist ein gutes Hotel, Mister."

Sein Mitfahrer antwortete nicht. Er schien gar nicht anwesend.

„Oder das Little Home Hotel am Broadway, Ecke 47the? Das ist kostengünstiger und auch näher."

„Meinetwegen das Little Home", lautete die mürrische Erwiderung. „und nun verschonen Sie mich mit Ihrem Gefasel!"

Beleidigt verstummte der Fahrer.

Der Fremde stülpte sich den Hut weit ins Gesicht und lehnte sich im Sitz zurück. Die Gedanken schweiften ab. Er war zurückgekehrt. Er, Privatdetektiv Steven Boy Welden, war wieder in New York City. Die Zeit der Trauer, der Wut und der Selbstzerstörung war vorüber. In dieser Stadt hatte alles begonnen und alles geendet. Hier startete seine Detektivlaufbahn, hier lernte er Grazia kennen und lieben. Vor drei Jahren die grausame Schicksalswende. Ein Killer tötete Grazia. Ein Höllentrip folgte. Der Hass trieb Welden durch New Yorks Straßen auf der Suche nach dem Täter. Er spürte ihn auf und lynchte ihn beinahe vor blindem Zorn. Aber ein glücklicher Umstand verhinderte dies. Der Verbrecher Nick Collins starb vor zwei Jahren auf dem elektrischen Stuhl. Der Hass war erloschen. Was blieb, waren Verzweiflung und andauernde Einsamkeit. Steven B. Welden konnte nicht vergessen. Er flüchtete aus New York und vergrub sich drei Jahre in einer Blockhütte irgendwo in Kanada. Allein mit der Bitterkeit, dem nie enden wollenden Schmerz des Verlustes, der Whiskyflasche und dem verheerenden Selbstmitleid. Er kam einfach nicht mit dem gewaltsamen Tod seiner Grazia hinweg. Aber der

Alkohol konnte auf die Dauer nicht helfen. Obwohl er bis zum Exzess den Whisky in sich hinein schüttete.

Aber irgendwann ging diese schlimme Zeit vorbei. Eines Tages erwachte er und ihm wurde glasklar, dass er sich zugrunde richtete, wenn er nicht radikal sein Leben änderte. Er wollte nicht mehr so weitermachen.

Er ging nach Ottawa und unterzog sich freiwillig einer Alkoholentzugskur und einer Therapie. Nach gut zwölf Monaten wurde er aus der Klinik entlassen. In Fort William bewarb er sich bei einem großen Kaufhaus als Ladendetektiv und er bekam den Job.

Es war ein Neubeginn. Allmählich verflogen die Depressionen. Jemand sagte einmal, mit der Zeit verheilten alle Wunden und es blieben nur noch kleine Narben.

Und nun war Steven B. Welden zurück in New York City.

Das einzige vor dem er sich lediglich fürchtete, war der Gang an Grazias Grab. Aber auch das wird er schaffen.

***

Privatdetektiv Jeck Born, fahlblond, schlaksig, buschiger Seehundschnauzer, ansonsten glatt rasiert, flackte im Ledersessel in seinem Büro und die langen Beine überkreuzten sich auf dem Schreibtisch. Er hatte nichts zu tun. Aus dem Kofferradio spielte Don McLain sein American Pie.

Bewundernd versank Born in das große Farbposter an der Wand gegenüber. Er konnte sich nicht daran sattsehen. Das Bild zeigte Marylin Monroe in der berühmten Szene aus dem Film ,*Das verflixte siebte Jahr'*. Sie steht mit leicht gespreizten Beinen über den U-Bahnschacht und der heiße Luftzug wirbelt ihr weißes Kleid hoch, das sie lachend niederzuhalten versucht.

Genüsslich nippte er am daumenbreit gefüllten Whiskyglas, schaukelte mit Sessel auf und nieder und träumte von der weizenblonden Marylin.

Ein energisches Pochen schreckte ihn aus dem süßen Traum.

„Komm herein, wer immer du auch bist!", sagte er laut, ohne die Füße von der Tischplatte zu nehmen. Ein hochgewachsener Mann mit Hut und Mantel schneite in das Zimmer.

Als Jeck Born den Besucher erkannte, kippte er mit dem wippenden Sessel beinahe nach hinten weg. Im letzten Moment zog er die Beine vom Tisch und konnte dadurch den Sturz verhinderten.

Perplex schnarrte seine Stimme: „Boy?! Steven Boy Welden? "

„Hallo Jeck! Wie geht's dir?", fragte der unerwartete Gast ganz ruhig.

„Ich werde verrück! Boy Welden in New York!", schüttelte Born fassungslos den Kopf. „Ich glaube es nicht. Welcher Gaul reitet dich hierher?"

Bedächtig legte Welden den Hut auf das Schreibpult.

„Willst du mich nicht begrüßen, alter Streitgenosse?", fragte er.

„Und ob, Old Boy!"

Agil sprang Born auf die Beine, kurvte um den Tisch und umarmte den langjährigen Freund und Partner. „Willkommen zu Hause, willkommen in der alten Welt!"

Prüfend begutachtete er Weldens unrasiertes Angesicht. „Du siehst gut aus, Boy, wirklich gut. Allerdings schaust du etwas blass aus der Wäsche und bist stark abgemagert. Du könntest ein paar Pfunde mehr auf den Hüften vertragen. Die Haare und die Koteletts ein wenig zu lang. Aber seit den Beatles ist das ja modern. Wie geht's dir? Seit wann bist du wieder in der Stadt?"

Leicht lächelte Welden und hockte sich in den Besuchersessel.

„Ich bin gestern vormittags gelandet. Scheiß Wetter habt ihr hier!"

„Ja, ich weiß! Wo wohnst du? Brauchst du eine Unterkunft?"

„Ich habe ein kleines Zimmer im Little Home Hotel."

„Das kommt gar nicht in Frage. Du kündigst und ziehst bei mir ein. Meine Wohnung hat Platz für uns beide."

„Nicht so schnell, Jeck", bremste ihn Welden. „Ich war drei Jahre untergetaucht. Lass mir Zeit zum eingewöhnen."

„Okay, und wie geht's dir wirklich?"

Zögerlich erwiderte Welden: „Gut, ich glaube mir geht's gut."

„Warst du schon…?"

„Ja", nickte Welden ernst. „Ich war auf dem Friedhof und besuchte Grazia. Sind die frischen Blumen auf dem Grab von dir?"

„Indirekt, ich beauftragte eine Gärtnerei das Grab zu pflegen."

„Danke!", sagte Welden.

„Was fühltest du an ihrer letzten Ruhestätte?"

Verloren blickte Welden durch den Freund hindurch, als wäre er aus Glas.

„Da sind gemischte Gefühle in mir. Da sind die Trauer, der Schmerz, und immer noch Wut. Aber kein Hass und keine Rachegelüste mehr. Grazia ist für immer gegangen. Ich vergesse sie nicht. Ein Teil von ihr wird ewig in mir weiterleben. Doch ich glaube ich habe Frieden mit mir geschlossen."

„Das wünsche ich dir." Jeck Born setzte sich auf die Tischkante. „Und jetzt? Was hast du vor? Wie soll es weitergehen?"

„Ich will wieder als Detektiv arbeiten, und wenn du einverstanden bist, mit dir zusammen."

Jeck Borns Miene strahlte ehrliche Freude aus.

„He, Alter, wir beide wieder ein Team? Ich hoffe das ist dein Ernst. Du hast bestimmt das Türschild gesehen. Ich habe nichts geändert. Es heißt immer noch *Privatdetektei Welden & Born*."

„Meine Lizenz ist abgelaufen…"

„Na, und? Da gibt es kein Problem. Ich gehe zu Hoogan. Eine Unterschrift, einen Stempel und du hast das Papier."

„Mein Waffenschein ist auch ungültig…"

„Auch das ist kein Problem. Ich werde das für dich regeln."

„Hast du meine 38er Browning noch aufbewahrt?"

Jeck Born nickte: „Ja, natürlich. Die liegt gereinigt und geölt im Tresor.- Entschuldige, willst einen Drink?"

„Nein danke, hast du einen besonderen Draht zu Lieutenant Hoogan?", erkundigte sich Welden.

Erheitert lachte Born.

„Lieutenant? Boy, Hoogan machte Karriere! Er wurde zum Captain befördert, nach dem er Collins Drogenkartell zerschlagen hatte. Heute leitet er den 14. Polizeidistrikt. Unser Verhältnis kann man fast als kollegial bezeichnen."

„Arbeitest du gerade an einem akuten Fall?", wechselte Welden das Thema.

„Nein, seit drei Wochen treibe ich Müßiggang. Kein Telefon läutet, keine Türglocke schellt, keine Aufträge. Du kennst das ja von früher. Einmal zu viele Jobs, dann wieder gar keine."

Born genehmigte sich einen Schluck Whisky, da fiel ihm etwas ein. „Moment, vielleicht habe ich etwas für dich. Da war vor einiger Zeit ein Anruf. Eine Frau wollte nur mit dir sprechen. Das ist schon länger her. Vier Wochen, sechs Wochen. Keine Ahnung."

Suchend prüfte Born den unaufgeräumten Schreibtisch, durchwühlte die ungeordneten Aktenberge, die flüchtigen Vermerke auf den losen Spickzetteln.

„Du weißt, Ordnung war noch nie meine Stärke", entschuldigte er sich.

„Um was ging es?"

„Tut mir leid, Boy, ich erinnere mich nur mehr ganz vage", sage Born bedauernd. Er sah in den Schubfächern nach. „Wie ich bereits erwähnte, es war eine Frau. Den Namen habe ich vergessen. Ich glaube, du solltest ihre vermisste Tochter suchen. Ich sagte ihr, dass du auf einer langen Urlaubsreise bist.- Verdammt, wo ist dieses Scheißpapier mit dem Namen und der Telefonnummer! Ich kann es doch nicht weggeworfen haben."

„Warum hast du dich nicht um die Angelegenheit gekümmert?"

„Sie wollte mich nicht. Sie wollte nur dich. Außerdem steckte ich damals bis zum Halse in Arbeit. Ich observierte einen siebzigjährigen Heiratsschwindler, stellte einer betrügerischen Hausfrau nach und jagte einen Juwelendieb. Mann, ich hatte drei Fälle auf einmal. – Wo ist diese gottverdammte Notiz?"

Resolut räumte er die Akten und Auftragsbücher beiseite, schaffte einen freien Platz, und dann entleerte er den Inhalt des Papierkorbes über die Tischplatte.

Interessiert sah ihm Welden zu. Er amüsierte sich leicht. Jeck hatte sich nicht verändert. Er war noch der gleiche Chaot wie vor drei Jahren.

Emsig entfaltete Born die zerknäulten Notizblätter, entzifferte die kaum leserlichen Kritzeleien und beorderte sie wieder in den Korb zurück.

„Na also!", triumphierte er, als er einen der letzten übriggebliebenen Papierschnitzel glättete und feststellte, dass er den richtigen gefunden hatte. „Ich wusste doch, dass ich nichts Wichtiges wegschmeiße. Da haben wir ja den Namen. 7. Februar. Vanessa Hush, Tel. 661-4700 Queens. Und ich habe noch etwas notiert. 9. Februar. Tochter gefunden- Ja, genau, ich erinnere mich schwach. Vanessa Hush benachrichtigte mich."

„Die Tochter kehrte wieder nach Hause zurück?"

Jeck Born plumpste in den Sessel und verfrachtete die Füße auf den Tisch. Grübelnd sagte er: „Nein, sie wurde tot aufgefunden. Es war Mord. Schlimme Geschichte. Das Mädchen wurde grausam verstümmelt."

„Wurde der Täter gefasst?"

Born zuckte mit der Schulter: „Ich habe keine Ahnung, Boy. Ich verfolgte die Angelegenheit nicht weiter. Wie bereits gesagt, ich hatte massenhaft Arbeit. Ich weiß nur, das junge Ding wurde in einem gestohlenen Ford Mustang entdeckt. Neben dem Wagen lag auch ein toter Stadtstreicher. Die Mordwaffe, eine Spitzhacke steckte noch in seinem Schädel. Vermutlich ein zufällig anwesender Augenzeuge, denn der Mörder kurzerhand erschlug."

„Für das, dass du nichts weißt, erzählst du mir aber allerhand", bemerkte Welden ironisch.

„Jetzt wo ich darüber rede, fällt mir Stück für Stück wieder ein. Ich entsinne mich, dass es in den Wintermonaten einen ähnlich gelagerten Mord gab. Auch ein blutjunges Mädchen, bestialisch mit dem Messer erstochen, gefunden in einem gestohlenen Auto."

„Kannst du in Erfahrung bringen, ob der Killer gefasst wurde?"

Fragend sah ihn Jeck Born an: „Jetzt gleich? Sofort?"

Welden nickte. Sein Gesicht rötete sich. Das Jagdfieber packte ihn. Da wartete eine Arbeit, eine neue Herausforderung auf ihn.

„Ich rufe Hoogan an", sagte Born und griff zum Telefonhörer.

Währenddessen ging Welden zur Diele hinaus. An der Tür nebenan stand **Büro Steven B. Welden** auf dem angeschraubten Messingschild. Zögernd betrat er das Zimmer. Im Gegensatz zu Borns Arbeitsplatz wirkte dieser Raum sauber und aufgeräumt. Die Aktenordner exakt ausgerichtet im Schrankregal, auf dem Schreibtisch lediglich ein Telefonapparat, ein geschlossenes Auftragsbuch, ein Bleistiftständer, ein Aschenbecher und eine interne Sprechanlage, welche ihn mit Jecks Kanzlei verband.

Beinahe ehrfürchtig nahm Welden Platz. Es war als wäre er nie fort gewesen. Samtgrüne Vorhänge am Fenster, an der weiß gestrichenen Wand hing ein Bild der New Yorker Skyline bei Nacht. Daneben eine Schwarzweißfotografie des Pariser Eifelturms und an der gegenüberliegenden Wandseite eine eingerahmte Tuschzeichnung, die einen lachenden John F. Kennedy darstellte.

Langsam zog Welden die oberste Schublade vor. Darin lag ein umgedrehter Bilderrahmen. Er wusste was das für ein Bild war und zögerte sekundenlang bevor er das Foto umklappte. Er fühlte einen dünnen Stich im Herzen. Eine bestrickend schöne Frau strahlte ihn an. Goldglänzendes, schulterlanges Haar, tiefseeblaue Augen, herzlich lachende kirschrote Lippen. -Grazia-

Für einen kurzen Augenblick tauchte er in ihr bezauberndes Antlitz ein und endlose Trauer kroch in seine Seele. Abrupt stieß er das Schubfach heftig zu. In seinen Augen stand Wasser.

Auf der Türschwelle stand Jeck Born und fragte behutsam. „Alles in Ordnung, Boy? Bist du okay?"

Schnell überwand Welden die hochsteigende Rührseligkeit.

„Mach dir keine Sorgen, Jeck. Ich bin okay!", sagte er und probierte ein schwaches Lächeln. „Was hast du in Erfahrung gebracht?"

Jeck Born lehnte sich an den Türstock.

„Hoogan berichtigte mir, dass der Teenagermörder noch frei herumläuft. Die Fahndung blieb bis heute erfolglos. Es gibt seit Januar drei aufgefundene Mädchenleichen, die wahrscheinlich immer vom selben Täter hingemetzelt wurden. Keine Verbindung zwischen den Toten. Keine Hinweise, keine Zeugen, keine Indizien. Die Sonderkommission tappt völlig im Dunkeln. - Dann sagte mir Hoogan, du solltest ihn im 14. Distrikt besuchen. Heute, morgen, wann es dir beliebt. Er verlängert deine Lizenz und händigt dir den Waffenschein aus. Außerdem möchte er dir einen Job anbieten?"

Belustigt zuckte Weldens rechte Augenbraue. „Die Cops haben einen Job für mich? Im Ernst?"

„Ja, ernsthaft! Ein interessantes Angebot."

„Was muss ich tun? Parksünder aufschreiben?"

„Nein, du darfst einen wichtigen Politiker auf der Wahltournee begleiten und für seine Sicherheit sorgen!"

„Ich soll Leibwächter spielen? Du hast hoffentlich diese schwachsinnige Offerte in meinem Namen abgelehnt."

Jeck Born griente: „Ja, aber schweren Herzens."

„Witzbold! - Gib mir lieber den Wisch mit dem Namen und der Rufnummer der Frau, die ihre Tochter verloren hatte."

„Er liegt auf meinem Schreibtisch, und deine Knarre habe ich dazu gelegt."

„Alles klar", meinte Welden. Er erhob sich aus dem Sessel, drängte sich an Jeck vorbei und holte aus dessen Büro das Blatt Papier, den braunen Schulterhalfter mit dem 38er Colt und seinen Hut.

„Wir sehen uns morgen, alter Knabe!"

Er war schon im Hausflur, als ihn Borns Stimme einholte.

„He, Old Boy!"

Welden blickte über die Schulter.

Jeck Born lehnte weiterhin schief am Türstock und sagte ruhig: „Ich bin froh dich wiederzusehen und dass du wieder der Alte bist."

Hart entgegnete Welden: „Ich bin nicht mehr der Alte. Ich war in der Hölle und bin ihr entkommen. Aber ich werde nie mehr der sein, der ich einmal war."

***

Halbwach wälzte sich Steven B. Welden auf der Couch in seinem Hotelappartement und versuchte an nichts zu denken. Weit standen die Fenster offen und der laute Straßenlärm vom Broadway füllte den Raum aus. Allmählich schlich die Abenddämmerung lautlos über die Wände und projektierte bizarre Schattenspiele. Die bunten Reklamelichter der gegenüberliegenden Häuser fackelten wie gezackte Blitze kreuz und quer durch das Zimmer.

Einer Armlänge von Welden entfernt harrte der Telefonapparat auf der kleinen Kommode, daneben der zerknäulte Notizzettel. Der Hotelwecker zeigte 9Uhr an.

Entschlossen richtete Welden sich auf, bügelte mit der Hand das Papier glatt und drehte die Wahlscheibe. 661-4700.

Das Telefon läutete viermal an, dann meldete sich eine dunkle Frauenstimme.

„Ja?"

„Miss Hush?", fragte er und las vom Zettel ab. „Miss Vanessa Hush?"

„Ja, wer spricht dort?"

„Mein Name ist Steven B. Welden…"

Ein vernehmbares Knacken, danach folgte das Freizeichen. Aufgelegt.   Er wartete eine Minute und wählte noch einmal.

Diesmal dauerte es noch länger bis die Angerufene abhob.

„Lassen Sie mich in Frieden", sagte die Frau unfreundlich.

Hastig sagte er: „Bitte legen Sie nicht auf, Miss Hush! Ich bin Steven B. Welden und zurück vom Urlaub. Ich habe ihre Rufnummer von meinem Partner Jeck Born erhalten. Sie wollten mit mir sprechen, weil sie Ihre Tochter vermisst hatten. Ich weiß, ihr Anruf ist bereits mehrere Wochen her. Trotzdem wollte ich mich bei Ihnen melden und nachfragen ob Sie meine Hilfe brauchen können.- Hören Sie mir zu, Miss Hush? Sind Sie noch dran?"

Totenstille in der Leitung.

„Miss Hush?"

Gequälter, schwerer Atem wehte an sein Ohr. Schließlich die bebende, kaum verständliche Stimme am anderen Ende.

„Meine Tochter ist tot. Sie kommen zu spät…"

„Ja, ich weiß. Aber vielleicht kann ich Ihnen helfen, vielleicht können wir darüber sprechen. "

„Es ist zu spät. Patrizia lebt nicht mehr. Auch Sie können mir mein Kind nicht zurückbringen. Es ist und bleibt tot."

„Aber der Mörder läuft weiterhin frei herum…"

Wiederum antwortete ihm ein unterdrücktes Schluchzen. Es dauerte fast eine Minute, bis er Vanessa hoffnungslos und müde sagen hörte: „Irgendwer hat meine Tochter zerstückelt. Eine Unmensch verschandelte ihren Körper bis nichts mehr von ihr blieb…"

„Ich besuche Sie, Miss Hush", sagte er schnell. „Ich komme zu Ihnen! Jetzt! Wo wohnen Sie in Queens, in welcher Straße?"

„Nein, nein, bitte nicht! Es hat keinen Sinn!"

Er blieb hartnäckig. „Sagen Sie mir die Straße, Vanessa!"

Ganz leise erreichte ihn ihre weinende Stimme.

„42 Greenpoint Avenue. Bitte, beeilen Sie sich. Ich brauche Sie!"

***

Der heiße Wasserstrahl aus dem Duschkopf besprengte den ungewöhnlich bleichen und hageren Körper des jungen Mannes und rötete die transparente Haut. Er wusch sein Glied mit der Seife bis es sich versteifte, und er blickte an sich herunter. Der Penis in seiner Hand war dünn und kurz wie ein Hasenpimmel.

In diesem Augenblick schwang die Badezimmertür auf. Er hatte vergessen abzusperren. Unter dem Türbalken stand ein Mädchen im Pyjama. Sofort erfasste es die peinliche Situation und kicherte boshaft: „Ich glaub mich knutscht ein Elch. Mein Brüderchen wichst sich einen runter!"

Feurige Schamröte überflutete das picklige Gesicht des Ertappten. Ungeschickt versuchte er mit dem Duschvorhang seinen Unterleib zu verdecken. Er wünschte der Boden unter ihm öffnete sich und würde ihn verschlingen.

„Hau ab, Cindy! Verschwinde aus dem Bad! Raus mit dir!"

„Ich werde verrückt!", lachte das Mädchen spöttisch und schüttelte das brünette Haar. Sie löste den Kimonogürtel und bot ihm die üppigen Brüste dar und ließ sie hin und her schwenken. „Gefällt dir das, du geiles Brüderchen? Willst du mich ficken? Ich befürchte nur, mit deinem jämmerlichen Schwänzchen wirst du mich nicht befriedigen können."

„Hau endlich ab, Cindy!" heulte er tiefverletzt und schleuderte die Seife nach ihr. Doch sie hatte bereits höhnisch lachend die Tür hinter sich zugeworfen und die Seife knallte wirkungslos dagegen und schlitterte über den gekachelten Boden.

In der Wohnstube hörte er seine Halbschwester Cindy begeistert rufen: „Mami, Dad, Dean onaniert im Bad wie ein Weltmeister. Aber sein bestes Stück will nicht wachsen. Es bleibt sooo winzig…!"

Hilflos vor Schmach und Hass ballte er die Fäuste. Er konnte kaum atmen und das heiße Duschwasser strömte ihm über die kohlschwarzen Augen und vermischte sich mit den Tränen.

„Irgendwann", schoss es wie ein Pfeil in sein krankes Gehirn. „Irgendwann, Cindy, beweise ich dir, dass ich ein richtiger Mann bin…"

***

Vanessa Hush bat Welden einzutreten. Er bemerkte, dass sie ihr braunes Haar gebürstet und das blasse Gesicht geschminkt hatte. Sie trug ein knöchellanges Kleid, schwarz mit aufgedrucktem Rosenmuster, hochgeschlossen bis zum Hals. Eine bunte Korallenkette war ihr einziger Schmuck an ihr. Keine Ohrclips, keinen Armreif, kein Ring am Finger. Vanessa war eine schlanke, attraktive Frau mit dunklen, traurigen Augen.

Sie führte ihn in ein geschmackvoll eingerichtetes Wohnzimmer. Rustikaler Bücherschrank, Glasvitrine, gemütlicher Diwan mit dazu passenden Sessel, ovaler Marmortisch. Die Fenstergardinen waren mit der moosgrünen Farbe des dicken Teppichs abgestimmt. An den weißtapezierten Wänden hingen viele Landschaftsbilder mit vergoldeten Rahmen. Auf einem Sideboard stand ein Schwarz-weiß Fernseher und daneben ein rotierender Plattenspieler. Frank Sinatra sang leise Strangers In The Night.

Nachdem Vanessa ihn dazu aufforderte setzte sich Welden in den beigen Sessel.

Ungefragt stellte sie ihm ein halbvolles Whiskyglas hin und ihr selbst schenkte sie einen Rotwein ein. Sie nahm auf der Couch Platz und wirkte irgendwie zerbrechlich und schutzlos. Sie stützte den Arm auf die Stofflehne und betrachtete ihn ausgiebig.

Er störte sie nicht dabei und sagte keine Silbe.

Schließlich sagte sie: „Mir scheint, Sie haben Frieden geschlossen, Mister Welden. Mit sich und der Welt. Ich weiß, dass sie vor Jahren ihre Frau auf tragische Weise verloren haben. Sie wurde ermordet. Der Mörder wurde von Ihnen gestellt. Ihr Name wurde damals in den Medien nur am Rande erwähnt. Die berühmten Helden waren die Citizenpolice und irgendein Lieutenant vom 14. Distrikt."

Welden schwieg weiter. Den Whisky rührte er nicht an.

„Sie haben ihre Frau sehr geliebt, ja?"

„Ja!", sagte er wahrheitsgemäß.

„Sie waren auf keiner Urlaubsreise. Sie waren auf der Flucht. Sie haben sich drei Jahre verkrochen."

Er mied den Whisky weiterhin. Aber ihm gierte nach einer Zigarette. Doch er hatte das Päckchen im Hotel vergessen. Auf einem runden Tablett standen die Raucherutensilien. Aschenbecher, Feuerzeug und eine Zigarettenschatulle. Er langte danach und hob den vergoldeten Deckel. Zu seinem Erstaunen stapelten sich keine Glimmstängel darin, sondern eine kleine einschüssige Miniaturpistole, Kaliber 22.

Vanessa tat, als bemerke sie seine Verblüffung nicht, und holte ihm aus dem Sideboard eine aufgebrochene Zigarettenschachtel. Er zündete sich mit dem Tischfeuerzeug ein Stäbchen an und sortierte den Rest der Packung über der Pistole in das Kästchen.

„Nach unserem Gespräch werden Sie sich verabschieden und wir sehen uns nie wieder", sagte sie übergangslos.

Er rauchte einen tiefen Zug und sagte dann vorsichtig: „Wenn Sie meinen…"

„Versprechen Sie es! Sie führen keine Ermittlungen und schalten auch die Cops nicht ein."

„Keine Bullen, okay, aber…"

„Ich will Ihr Versprechen", beharrte sie. „Oder Sie können sofort aufstehen und gehen."

„Ich werde keinerlei Nachforschungen tätigen, wenn sie es nicht wünschen", versprach er ihr und war sich nicht klar, ob er sich daran halten konnte.

Zufrieden sagte Vanessa Hush: „Gut!" Sie trank etwas vom Wein und schloss für einen Moment die dunkelblau geschminkten Augenlider. Plötzlich begann sie zu erzählen, langsam und stockend.

„Meine Tochter war noch keine achtzehn Jahre, ein hübsches, lebenslustiges Mädchen. Sie probierte gerade alles aus. Ein bisschen Hasch, ein wenig Alkohol. Sie tanzte und flirtete gerne mit den Jungs. Aber ich glaube zu mehr als Petting war sie nicht bereit. Manchmal blieb sie auch über Nacht, gab mir jedoch immer Bescheid wo sie schlief."

Vanessa nippte am Wein. Ihre Stimme bebte, während sie weitersprach. „An jenen Abend, es war der 6. Februar, holte ihr neuer Freund Mike sie zuhause ab. Er versicherte mir, er bringe Pat um 1Uhr zurück. Ich ging an diesem Abend selber aus und kam daher erst gegen 4Uhr früh heim. An der Haustür erwartete mich der total verstörte Mike. Er schilderte den Streit mit Pat, und das sie beleidigt auf die Straße rannte. Als er ihr nach wenigen Minuten nachging, sah er sie in einem roten Sportwagen davonfahren. Er verfolgte das Auto kurz zu Fuß, aber natürlich konnte er nicht lange hinterher rennen."

Die Hand mit dem Weinglas zitterte so stark, dass sie die Hälfte des Inhalts verschüttete.

Ruhig zerdrückte Welden den Zigarettenstummel, erhob sich und nahm ihr das Glas aus der Hand.

Tränen schimmerten in ihren dunklen Augen, als sie sagte: „Was danach kam, war wie ein böser Traum. Ich war zum Warten verdammt. Nichts konnte ich tun. Nur warten und warten. Die Cops wussten nichts, die Krankenhäuser wussten ebenso wenig. Nur Geduld, vertrösteten sie mich, Teenager laufen öfters weg und tauchen nach wenigen Tagen wieder auf. In den Zeitungen las ich Berichte über getötete Mädchen, die in den vergangenen Wochen aufgefunden wurden. Ich dachte immer, solche Unglücksfälle treffen nur andere Familien, nicht einen selber. Dann erinnerte ich mich an Sie, Steven, dass auch Sie viel Leid erfahren mussten, dass auch Sie eine Hölle durchlebten. Sie könnten meinen Schmerz verstehen. Ich rief Sie an. Sie waren jedoch verreist und niemand kannte Ihren Aufenthalt."

Behutsam ließ sich Welden neben Vanessa auf dem Sofa nieder und ergriff taktvoll ihre kalte Hand.

„Sie müssen nicht weiterreden, Vanessa. Ich kann gehen und morgen wiederkommen."

„Nein, nein! Bleiben Sie, bitte!", sagte sie aufgewühlt. Die spitzen Fingernägel gruben sich in seine Handballen. „Sie dürfen nicht gehen. Ich muss darüber reden. Sonst gehe ich daran kaputt."

Sacht sagte er: „Schon gut, ich bleibe gerne."

Sie wischte die Tränen aus den Augenwinkeln und verschmierte dabei das Makeup. Monoton fuhr sie fort: „Am Nachmittag des 9. Februars klingelte die Türglocke. Ein uniformierter Policelieutenant tat sehr ernst und sehr offiziell. Man sah ihm an, dass ihm nicht wohl in der Haut war. Ich wusste sofort, meine Pat lebte nicht mehr. Der Officer war äußerst bemüht, mir die schreckliche Nachricht schonend beizubringen. Er sagte, man wäre am Ufer des East Rivers auf einen gestohlenen Wagen gestoßen. Im Fahrzeug lag ein totes Mädchen. Möglicherweise handelt es sich um meine verschollene Tochter. Ich müsste wegen der Identifizierung mitkommen. – Ich konnte nicht weinen. Mein Herz war ein Eisblock. Ich schritt in der kalten Leichenhalle und besaß keine Vorstellung von dem, was mich erwartete. Aus einem großen Kühlschrank zogen sie ein Schubfach. Darin ein verschlossener Plastiksack, der augenscheinlich einen menschlichen Körper verbarg. Ich soll mich nicht erschrecken, sagte der Officer sachlich und trennte den Reißverschluss vom Kopf bis zur Brust auf.- Ich sah Patrizia und mein Herz hörte auf zu schlagen."

Unerwartet warf sich Vanessa in Weldens Arme und umschlang schluchzend seinen Nacken. Das aufgelöste Gesicht berührte seine bärtige Wange und salzige Tränen nässten die Haut.

„Oh, Gott im Himmel! Patrizia war ausgeblutet und weiß wie ein frischgewaschenes Segel."

Unbeholfen streichelte er ihr über das seidige Haar.

"Es ist gut, Vanessa. Beruhige dich! Nicht mehr reden, nicht mehr denken."

„Das war nicht meine Tochter. Das war nur irgendein Mädchen, welches ihr ein wenig ähnelte. Eine völlig fremdes Wesen…"

„Sei still, Vanessa! Denke nicht daran. Versuche einfach zu vergessen."

Sie drehte ihm das tränenüberströmte Gesicht zu und bevor es ihm bewusst wurde, küsste sie ihn. Zuerst zaghaft, dann inständiger, leidenschaftlicher. Ihm entglitt die Kontrolle.

„Liebe mich!", stammelte sie zwischen den Küssen. „Liebe mich, und hilf mir diesen Alptraum zu überleben."

Ihre feuchte Zunge drängte sich begehrlich durch seine trockenen Lippen.

Widerstrebend murmelte er: „Vanessa, nicht!"

Wie selbstverständlich führte sie seine Hand zu ihren Brüsten. Sie trug keinen BH. Unter der Berührung versteiften sich die Brustwarzen.

„Das ist unmöglich", dachte er zwiespältig. Er fühlte wie sich in ihm das erotische Feuer entzündete und seine anfängliche Abwehr zu bröckeln begann. Das Blut strömte schneller durch die Adern.

„Das passiert mir doch nicht wirklich!", dachte er

Aber als ihre geschickten Finger an seinem Hosenlatz nestelten, wurde ihm bewusst, dass es ihm wirklich passierte.

***

Dicht neben ihm auf dem breiten Doppelbett schlief Vanessa und der schmale Kopf ruhte auf seiner Brust. Die zerrauften Haare kitzelten ihm die Nase. Nackt wie Gott sie schuf räkelte sie sich in seiner Armbeuge. Ungemein weiblich, praller Busen, knackiger Po, weiche Schenkeln.

Er rauchte eine Zigarette in der Dunkelheit und realisierte nach und nach das Geschehene. Seit beinahe drei Jahren hatte er mit keiner Frau mehr Sex gehabt. Er wusste gar nicht mehr wie das gewesen war. Heißblütig hatte Vanessa die Aktivität ergriffen. Sie schien unersättlich und saugte seinen hungrigen Körper aus. Sie war wie ein ausbrechender Vulkan. Insgeheim hatte er sich immer davor gefürchtet nach Grazia wieder eine Frau zu lieben. Jetzt war er froh Vanessa kennengelernt zu haben. Sie zeigte sich als phantastische Geliebte und machte ihn seit Jahren wieder zum Mann. Er löschte die Zigarettenglut.

Da spazierte eine zärtliche Hand über seinen Bauchnabel, rutschte tiefer und tiefer, spielte mit dem Schamhaar.

„Du meine Güte!", sagte er rau. Ein Hitzestoß elektrisierte seine Lenden. Er legte sich über den warmen Frauenleib und Vanessa schnurrte wie eine Katze.

***

Irgendwann in den frühen Morgenstunden erwachte Steven. B. Welden und er wusste nicht sofort wo er sich befand. Der neue Tag war angebrochen und die ersten Sonnenstrahlen blinkten durch das Fenster.

Der Schädel schmerzte und benommen registrierte er, dass er auf dem Fußboden neben dem Bett lag. Er musste wohl im Schlaf von der Matratze gefallen sein und sich dabei den Hinterkopf geprellt haben. Vorsichtig ertastete er dort eine pflaumengroße Beule.

Ganz allmählich lichteten sich die Gedanken. Was für eine Nacht! Vanessa war über ihn hinweggefegt wie ein Hurrikan. Mühsam zog er sich an der Bettkante hoch und fiel quer über das Laken.

„He, Vanessa, Baby! War das eine Nacht, unglaublich! Komm her zu mir, damit ich dir einen schönen guten Morgen wünschen kann."

Immer noch schlaftrunken und kopfwehgeplagt streckte er die Arme nach Vanessa aus. Er tapste ins Leere.

Vanessa war nicht mehr da!

Suchend rutschte seine Hand über das verkrumpelte Leintuch und tunkte in ein pappiges Gerinnsel. Er hielt die Hand vor die Augen. Und glaubte nicht was er sah. Dunkelrotes Blut klebte an den Fingerkuppeln und an den Handballen.

Augenblicklich war er hellwach. Er sprang vom Bett, erschrocken bis ins Mark, handlungsunfähig. Wo er auch hinblickte, überall war nur Blut. Blutdurchweichtes Laken, rotgetränktes Kopfkissen. Blutige Spritzer an der Tapetenwand, dunkelrote Schleifspuren auf den weißen Berberteppichen.

Mittendrin in dieser grellen Blutsymphonie stand er und eine fürchterliche Vorahnung krallte sich in sein Gehirn.

„Vanessa!" brüllte er lauthals.

Nackt wie er war, preschte er aus dem Schlafgemach in das Wohnzimmer. Er folgte den blutigen Fußstapfen. Sie führten direkt zum Bad. Blindlings stieß er die Tür auf und prallte zurück, als wäre er gegen eine unsichtbare Mauer gerannt. Der Herzschlag setzte sekundenlang aus, der Atem stagnierte.

Vanessa saß aufrecht in der Badewanne und starrte ihn mit offenen Augen an. Ihr Gesicht war leichenblass, aber ohne sichtbare Verletzung. Nur ihr Körper war von unzähligen Messerattacken barbarisch verunstaltet und schwamm in einer gewaltigen Blutlache.

Auch auf den Steinfliesen hatte sich eine riesige Pfütze ausgebreitet und Welden trampelte mit den nackten Fußsohlen darin herum.

„Jesus, was ist da passiert? Was ist da abgelaufen?", klagte er und Zorn kochte ihn ihm hoch. „Welcher Teufel hat das getan?" Er forschte in dem aschfahlen Antlitz, als hoffte er, Vanessa würde ihm antworten.

Aber Vanessa Hush konnte ihm nicht mehr antworten.

„Warum musstest du sterben?", fragte er hilflos. „Ich war so nah bei dir und doch meilenweit weg. Ich konnte dir nicht helfen."

„Du willst wissen warum sie sterben musste?" traf ihn unvermittelt eine hämische Männerstimme von hinten und eine kühle Messerklinge berührte seinen Hals.

Augenblicklich erstarrte Welden zur Marmorsäule.

„Ich werde es dir sagen. Sie konnte nicht treu sein. Sie war ein billiges Flittchen. Sieh sie dir genau an. So sterben Nutten."

Der Mörder hatte die Wohnung nicht verlassen. Er war noch da.

Welden bewegte sich nicht.

Das Messer kratzte über seine dünne Kehlkopfhaut und der Mann hinter ihm sagte voller Hass: „Du hast einen dicken Schwanz. Hat dir die geile Hure viel Spaß geboten?"

Widerwillig roch Welden den sauren Mundgeruch des Unbekannten. Er konnte den Kopf nicht wegdrehen, das Stilett hinderte ihn daran.

„Möchtest du die Schlampe noch einmal beglücken?", keuchte die Stimme im Nacken.

„Was?!", entfuhr es Welden.

„Ich will, dass du sie nochmal vögelst! Los, mach schon. Steig zu ihr in die Wanne und besorge es ihr richtig."

„Der Kerl ist übergeschnappt", dachte Welden. „Total durchgeknallt!"

Unmerklich spannte er die Muskel an und so gelassen wie möglich sagte er: „Vanessa ist tot. Ich kann mit keiner Toten schlafen."

„Du kannst nicht, du Busennuggler?"

Die scharfe Schneide ritzte eine winzige Kerbe in Weldens Hals. Ein paar Blutstropfen quellten aus der Wunde.

„Steigst du nun in die Wanne oder nicht…"

Resignierend sagte Welden: „Schon gut, ich tue es."

Der Mörder nahm die Klinge von seiner Kehle.

Blitzartig wirbelte Welden auf der Ferse herum.

Das letzte was er sah, war ein nackter, blutbespritzter Oberkörper, ein beschmutztes Hosenbein und Füße, die in verschiedenfarbigen Socken steckten.

Dann explodierte sein Schädel.

Pochende Kopfschmerzen holten Steven B. Welden aus der Ohnmacht. Gequält hielt er das Haupt mit beiden Händen und versuchte angestrengt die Gedanken zu ordnen.

Was für ein Alptraum. Ihm schauderte noch nachträglich. Eine wahre Horrorvision. Vanessa hingemetzelt, im eigenen Blut schwimmend, die Wohnung eingefärbt in roter Farbe, dazu ein halbentblößter Irrer, eine hasserfüllte Stimme, das Stilett am Hals.

Verdammte Scheiße, das war kein Traum.

Schlagartig erinnerte er sich und er riss die Augen auf.

Ungläubig glotzte er in die glanzlosen Pupillen von Vanessa. Kalkweißes Antlitz, heraushängende Zunge. Sein Verstand verweigerte die Wahrnehmung. Doch die Panik überschwappte ihn wie eine Bugwelle und vernebelte die Sinne. Der Killer hatte Welden in die Badewanne zu der ausgebluteten Frauenleiche geworfen.

Ohne weiterzudenken kippte Welden über den Beckenrand, klatschte bäuchlings auf die blutüberschwemmten Kacheln, blieb eingerollt liegen und kotzte sich die Galle aus dem Leib. Auf allen vieren kroch er über die Türschwelle in das Wohnzimmer. Irrwitzig pulsierten die Schläfen und das Herz flackerte wild. Erneut erbrach er den Mageninhalt.

„Beruhige dich, Boy! Verdammt, beruhige dich endlich! Denk nach, denk nach", röchelte er in den Velourteppich hinein. „Konzentriere dich, reiß dich einfach zusammen."

Nochmals musste er sich übergeben. Danach kugelte er sich vom Erbrochenen weg. Mühselig setzte er sich auf, stützte den Rücken gegen die

Wand und wischte die ätzende Magensäure von Mund und Kinn mit der Hand ab.

So hockte er splitternackt und über und über mit Blut besudelt auf dem Teppichboden. Mechanisch überprüfte er den körperlichen Zustand. Die Schnittwunde am Hals blutete nicht mehr, auch der Kopfschmerz linderte sich. Ansonsten schien er heil zu sein. Warum hatte ihn der Wahnsinnige verschont?

Welden zog die Knie hoch und legte den Kopf darauf. Er brütete über das Geschehene der vergangenen Stunden nach. Irgendwann zwischen Nachtende und Morgengrauen musste der Mörder die Wohnung betreten haben. Möglicherweise ein Bekannter oder Geliebter, der einen Haustürschlüssel besaß. Nur vage gelang es Welden sich auszumalen, was der nächtliche Besucher empfand, als er ins Schlafzimmer eindrang. Dort lagen zwei nackte, schwitzende Leiber in eindeutiger Umarmung auf dem zerknüllten Bettlaken. Die Schenkel ineinander geschlungen, die Hand des Mannes an der prallen Frauenbrust. Ihre Finger an seinen Lenden. Entspannte Gesichter, friedlich schlafend. Dieses harmonische Bild musste sich wie glühendes Eisen in die Psyche des Eindringlings gebrannt haben und ließ ihn in fataler Weise durchdrehen. Brutal schlug er den schlummernden Welden bewusstlos und wälzte ihn vom Bett. Anschließend attackierte er Vanessa mit dem Messer. Die blutigen Spuren bezeugten, dass sich diese auf das heftigste gewehrt hatte. Der Unhold steigerte sich in einen hemmungslosen Blutrausch hinein. Er schleppte Vanessa, lebendig oder bereits tot, in das Bad und legte sie in der Wanne ab.

Schwer atmete Welden. Er wollte nicht daran denken, wie er auf Vanessas Leichnam aufschreckte und in ihre gläsernen Augäpfel stierte. Das schockierende Erlebnis haftete sich im Gedächtnis fest und die Magenwände verkrampften sich erneut.

Er zwang die Gedanken in andere Bahnen. Was war, wenn der Killer inzwischen die Cops verständigt hatte? Im Geiste sah Welden die Beamten schon durch die Eingangstür brechen. Wie sollte er plausibel seine Anwesenheit erklären? Pudelnackt und blutverschmiert in einem fremden Appartement, im Bad eine verstümmelte Frauenleiche und er war unschuldig? Selbst der Gutgläubigste würde ihm das nicht glauben. Zum Teufel, er musste schnellstens raus aus diesem Loch. Die Zeit arbeitete gegen ihn.

Doch vorher sollte er das Blut von seinem Körper abwaschen. Dafür musste er aber nochmals das Badezimmer aufsuchen. Allein die Vorstellung daran bewirkte bei ihm eine Gänsehaut. Er stolperte zum Waschbecken, bemüht die Leiche in der Wanne zu ignorieren. Er schaute in den Spiegel.

Dort stand mit Blut geschrieben: *Vivien, du bist die Nächste!!!*

„Scheiße!", fluchte Welden, während er den Wasserhahn aufdrehte und sich über dem Waschtrog so gut es eben ging säuberte. Dabei beschäftigte ihn nur eine Frage.

„Vivien, wer zur Hölle, war Vivien?"

Provisorisch trocknete er sich ab und suchte in den verwüsteten Räumen nach seinen verstreuten Kleidern.

Was für eine vertrackte Situation. Er steckte bis zum Hals im Schlamassel. Seine Fingerabdrücke verteilten sich in der ganzen Wohnung. Am Whiskyglas, am Feuerzeug, an der Zigarettenschatulle, am Wasserhahn, in der Badewanne, und wer weiß wo sonst noch. Und auf dem Bettlaken sein Sperma, na fabelhaft. Selbst wenn es ihm gelang unerkannt aus dem Häuserblock zu fliehen, innerhalb von 24 Stunden haben die Spezialisten die eindeutigen Spuren ausgewertet und ihm zugeordnet. Dann wird jeder Streifenpolizist in New York City das Fahndungsfoto von Steven Boy Welden in der Brusttasche tragen und sie werden ihn jagen wie einen räudigen Hund.

Junge, was für brillante Aussichten! Laut sagte er: „Ich liebe dich, New York!"

Er nahm Hut und Mantel von der Garderobe und öffnete vorsichtig die Wohnungstür. Trotz der Eile, die ihn antrieb, prüfte er noch schnell das Schloss und erkannte keine Einbruchsspuren. Sein erster Verdacht schien richtig zu sein. Der Mörder hatte einen Schlüssel besessen.

Welden lief über den langen Etagenkorridor zum Fahrstuhl. Das Aufleuchten der Zifferschalttafel oberhalb der Lifttüren zeigte ihm, dass der Aufzug von unten hochfuhr.

Entschieden steuerte Welden den Treppenabgang zu. Er befand sich im 30. Stockwerk und der Weg zum Parterre war weit. Während er die Stufen hinuntereilte, bremste der Fahrstuhl auf der Etage und spuckte zwei hartgesichtige Männer aus. Der Größere zückte einen Revolver und sein Partner tat es ihm gleich. Sie postierten sich links und rechts neben Vanessas Appartement. Der Hochgewachsene drückte den Klingelknopf. Hell schrillte die Glocke.

Mit der Waffe klopfte der Kleinere an die Tür und rief: „Aufmachen, Miss Hush! Öffnen Sie, hier spricht die Citizenpolice!"

Unterdessen verließ Steven B. Welden unbeachtet den Hochhaustrakt und mischte sich unter die morgendlichen Passanten.

Die Regenwolken vom Vortag hatten sich aufgelöst und die frühe Märzsonne wurde zusehends wärmer. Der Frühling kündigte sich an.

***

Ein Taxi fuhr Welden zu seinem Quartier. Er bat den Portier den Fahrer zu entlohnen und den Geldbetrag auf die Rechnung zu setzen. Danach ging er auf seine Suite und stellte sich zwanzig Minuten unter die Dusche.

Aus der Reisetasche kramte er frische Wäsche, eine ausgebleichte Blue Jeans, ein blaues Shirt und eine braune Lederjacke.

Das Telefon läutete.

Sorgsam klebte er das Heftpflaster auf die Schnittwunde am Hals.

Unerbittlich klingelte das Telefon weiter.

Er hob den Hörer ab.

„Ja?"

„Boy? Bist du dran?", tönte Jeck Borns erregte Stimme aus der Leitung.

„Was gibt's, mein Alter?"

Wütend schnaubte Born: „Was es gibt? Bist du geisteskrank? Mann, sämtliche Stadtbullen sind hinter dir her! Ich weiß nicht, was du ausgefressen hast. Mir ist nur klar, dass du bist zu den Ohren in der Scheiße steckst. Zwei Cops tauchten bei mir in der Detektei auf und erkundigten sich nach dir. Zu allem Überfluss fanden sie auf dem Schreibtisch die Notiz mit dem Namen deines Hotels. Und du fragst mich was es gibt? Also, Boy, verschwinde aus deiner Unterkunft. Sie haben dich am Sack. Los, hau ab, solange dir noch Zeit bleibt! In wenigen Minuten erstürmt eine ganze Armee das Hotel!"

„Wir sehen uns", sagte Welden kurz und legte auf. Kritisch überdachte er seine Lage. Verdammt, wieso waren ihm die Cops so schnell auf der Spur? Sie konnten unmöglich die Fingerabdrücke bereits ausgewertet haben. Was hatte er bei Vanessa zurückgelassen? Was hatte ihn verraten? Er wusste es nicht.

Hastig ergriff er die Flucht. Er ließ alles im Zimmer liegen und stehen. Denn er besaß keine Zeit mehr um belastendes Material zu vernichten.

Als er die Empfangshallte erreichte, hörte er schon die heranbrausenden Polizeisirenen auf dem Broadway. Dem Lärm nach waren es mindestens zehn Einsatzwagen.

Welden checkte aus ohne die Hotelrechnung zu begleichen.

***

„Er ist uns durch die Lappen gegangen", sagte Sergeant Sam Brooker zu seinem Vorgesetzten Phil Steel, als er in dessen Büro trat.

Angespannt saß Lieutenant Steel im bequemen Ledersessel und verschränkte die Arme vor der Brust. „Erzählen Sie, Brooker!"

„Wir kamen ein paar Minuten zu spät, Chief", erwiderte der zivilgekleidete Cop und fischte mit dem Fuß nach dem Besucherstuhl. „Steven B. Welden war schon ausgeflogen. In der verlassenen Suite entdeckten wir abgelegte, blutige Kleidungsstücke. Ich habe die Sachen zur Auswertung ins Labor gegeben."

Brooker war ein mittelgroßer, knochiger Mann und geachtet wegen seiner konsequenten Härte gegenüber Verbrecher. Er galt als gesetzestreu und absolut unbestechlich. Ein guter Detektivsergeant, der allerdings keinerlei Ambitionen nach höherem Rang zeigte. Er gehörte auf die Straße, sagte er stets und lehnte jegliche Beförderung ab. „Wahrscheinlich wurde Welden von seinem Kumpel Jeck Born rechtzeitig gewarnt."

„Wird Born observiert?"

„Anfangs ja, aber dann verloren ihn die Kollegen im Verkehrsgewühl."

Nachdenklich runzelte Steel die Stirn. „Steven B. Welden ist also wieder in der Stadt. Und schon zieht er einen Haufen Ärger an. Diesmal sieht es nicht besonders gut für ihn aus."

Bestätigend nickte Brooker und sagte: „Okay Chief, die ersten Fakten. Heute Morgen sechs Uhr früh trifft ein anonymer Anruf in der Zentrale ein. Der Unbekannte teilte mit, dass Privatdetektiv Welden eine gewisse Vanessa Hush in ihrer Wohnung ermordet hatte. Er nennt auch gleich die Adresse und behauptet Welden befindet sich noch am Tatort. Routinemäßig schickte der Einsatzleiter zwei Leute dorthin. Zwanzig Minuten später verschafften sich unsere Jungs mit einem Schlüssel vom Hausmeister Zutritt und fanden im Bad eine Frauenleiche. Nachdem ich verständigt wurde begab ich mich schnellsten zur Wohnung.

Mir wäre beinahe das Frühstück aus dem Mund gefallen, als ich die Tote sah. Vanessa Hush wurde schlimmer abgeschlachtet, wie die drei halbwüchsigen Mädchen, die zwischen Januar und Februar bestialisch getötet wurden und deren Mörder wir bis heute nicht fassen konnten. Vieles deutete auf einen Einzeltäter hin. Ein irrer Psychopath, der total außer Kontrolle gerät.- Also gut, bei der Wohnungsdurchsuchung entdeckten wir auf der Schlafzimmerkommode eine Herrenarmbanduhr und unter dem Bett einen zerknautschten Flugschein, ausgestellt am 21. März, auf den Namen Steven Boy Welden. Reiseroute Winnipeg-New York. Dieser Hurensohn ist vor drei Tagen in unserer Stadt angekommen und killt 36 Stunden später eine Frau."

„Langsam, langsam, Brooker", warf Steel ein. „Sie vergessen, Welden ist ein gewiefter Profi. Und ein Profi hinterlegt doch nicht seine Visitenkarte, wenn er mordet. Wem gehört die Uhr? Auch Welden?"

„Höchstwahrscheinlich", sagte Brooke überzeugt. „Chief, dieser Mann killte Vanessa Hush und ich werde das beweisen. Er zerhackte sie im Blutrausch. Genauso wie die Tochter Patrizia und die beiden anderen Mädchen."

„Wo bleibt ihr logischer Verstand, Brooker? Wie kommen Sie auf den absurden Gedanken Welden könnte der Mörder der jungen Mädchen sein? Sie ermitteln seit drei Monaten in den Todesfällen und sind bis dato nicht gerade vom Erfolg gekrönt. Und nun hoffen Sie die spektakulären Morde auf einen Schlag zu lösen. Ich bezweifle Ihre Theorie. Es gibt zu viele Ungereimtheiten. Die Teenager waren blutjung, naturblond und jungfräulich. Unserem Wissen nach haben sie sich nicht untereinander gekannt. Man entdeckte die Leichen an verschiedenen Orten, stets in einem gestohlenen Fahrzeug und immer an einem Fluss, worin sich der Täter reinigte. –Vanessa Hush passt da nicht in die Schablone. Eine reife, attraktiver Frau, dunkelhaarig und männererfahren. Nein, da gibt es keine Parallele. Wir wissen außerdem, dass das Scheusal die jungen Opfer nicht vergewaltigte, aber über ihre Körper onanierte.- Mann, Brooker! Welden ist doch kein Triebtäter!“

Der Sergeant blieb stur. „Warum nicht, Chief? Der Tod der Ehefrau vor drei Jahren veränderte seine Psyche. Denkbar, dass er impotent wurde und sich nun an den Frauen rächen will.“

„Klingt sehr konstruiert!“

Ein Klopfen an der Tür unterbrach die Debatte und eine Büroassistentin trat ein und überreichte Steel einen Aktenordner.

„Chief, hier ist der angeforderte Bericht aus Winnipeg in Kanada. Ist gerade über den Fernschreiber herein gekommen. Ein Foto ist auch dabei.“

„Respekt, die kanadischen Kollegen sind ja schneller als die Polizei erlaubt“, scherzte der Lieutenant.

Nachdem die Beamtin gegangen war, überflog Steel geschwind das einseitige Schreiben. „Ein detaillierter Report. Kurz und informativ. Welden war ein Jahr lang wegen seiner Alkoholabhängigkeit in einer Nervenklinik. Während der Entziehungskur verprügelte er den Therapeuten und…“

„Ja, was und?“, lauerte Brooker.

„Welden versuchte den zweiten Therapeuten, der war diesmal eine Frau, sexuelle Gewalt anzutun.“

„Bingo!“

„Welden wird als jähzornig und extrem rücksichtslos bezeichnet. 1967 entließ ihn die Anstalt unter Vorbehalt und er bekam in Fort William einen Arbeitsplatz als Warendetektiv. Seitdem keinerlei Auffälligkeiten mehr. Zu Jahresbeginn kündigte er den Job und die Spur verliert sich bis gestern 21. März, als er in Winnipeg ins Flugzeug stieg.“

Steel legte das Fernschreiben nieder und musterte das Porträtfoto, welches Welden zeigte. Hageres, hohlwangiges, bärtiges Gesicht.

„Er war drei Monate untergetaucht, er hat kein Alibi“, bemerkte Brooker.

„Demnach könnte er inkognito in New York gewesen sein. Das erste Mädchen tötete er Mitte Januar, die beiden anderen im Februar. Wir müssen ihn festnageln. Er ist unser Mann."

„Das ist ja Blödsinn, Welden lebte doch nicht drei Monate unerkannt in New York und tötete drei Mädchen. Dann verschwindet er wieder nach Winnipeg, steigt dort offiziell in das Flugzeug um Stunden nach seiner Ankunft eine Frau zu killen."

„Er ist unser Mann", beharrte Brooker.

„Quatsch, Sie konzentrieren sich jetzt auf Vanessa Hush. Zuerst dieser Fall, dann der andere. Fakt scheint zu sein, Welden war in der Wohnung. Wir haben das Flugticket, wir haben eine Armbanduhr, die ihm gehören könnte und was haben wir außerdem?"

„Eine Unmenge von Fingerabdrücken und ich verwette mein Monatsgehalt, auch Weldens Prints sind darunter."

„Keine Spekulationen mehr, Sergeant", erwiderte Steel genervt. „Wann rechnen Sie mit den ersten Resultaten der Spurensicherung und der Laborwerte?"

„Frühestens morgen nachmittags. Hören Sie, Chief! Vanessa war ein Call-Girl der gehobenen Klasse, begehrt und teuer. An der Wohnungstür waren keine Einbruchspuren. Entweder öffnete Vanessa ihrem Mörder selbst oder der benützte einen Schlüssel. Ich tippe auf letzteres."

Steel musterte seine Fingernägel. „Wieso tippen sie darauf?"

„Aus der Handtasche von Patrizia Hush fehlten damals der Sozialausweis und der Wohnungsschlüssel. Ich nehme an beide klaute der Täter."

„Reine Hypothese!"

„Wie auch immer", knurrte Brooker. „ich werde Welden hetzen wie einen Hasen und aus seinem Versteck treiben. Er wird mir nicht entwischen."

Erneut klopfte jemand an die Tür und die Büroangestellte von vorhin erschien und verkündigte: „Lieutnant, da hat sich ein Taxifahrer gemeldet, der einen Fahrgast von der Greenpoint Avenue zum Little Home Hotel transportierte. Das könnte Sie interessieren."

Sie trat beiseite und ein stämmiger Mann im viel zu engen grauen Straßenanzug stellte sich neben ihr. Die Chauffeurmütze behielt er auf.

Betont freundlich sagte Steel: „Guten Tag, was ich für sie tun, Mister…?"

„Danner, Tony Danner. Ich bin Taxifahrer. Ich bin mir nicht sicher, ob es wichtig ist, was ich zu sagen habe.", sagte der Besucher etwas zögerlich.

„Berichten Sie uns einfach, Mister Danner. Das ist Sergeant Brooker und ich bin Lieutnant Steel. Wir entscheiden ob ihre Aussage wichtig ist oder nicht."

„Na schön, Lieutnant. Also vor ungefähr vier Stunden winkte mir in der Greenpoint Avenue, Ecke 39te, ein Passant. Er fiel mir auf, weil seine Kleidung arg ramponiert aussah. Der Mantel und die Hose voller dunkler Flecken. Der Kunde setzte sich auf die Rückbank und gab mir als Ziel das Little Home Hotel an. Nach wenigen Minuten begann es im Wagen merkwürdig zu stinken. Wie soll ich es beschreiben, eingetrocknetes Blut riecht so, wenn sie wissen, was ich meine. Der Mann muffelte einfach penetrant. Er stank als käme er gerade aus dem Schlachthof."

„Was machte er sonst für einen Eindruck auf Sie, Mister Danner? Zeigte er sich gehetzt, nervös, so als wäre er auf der Flucht?"

„Nein, überhaupt nicht. Im Gegenteil. Ein normaler Fahrgast. Ruhig, gelassen, aber äußerst wortkarg. Wie gesagt, hätte er nicht diesen widerwärtigen Blutgeruch ausgedünstet, wäre er eine Kundschaft wie tausend andere auch gewesen."

„Würden Sie den Mann wiedererkennen, Mister Danner?"

Der Taxifahrer nickte eilfertig: „Ich vergesse nie ein Gesicht, Chief."

Steel schob das Funkbild über die Tischplatte. „Das Foto ist etwas unscharf. Überlegen Sie in Ruhe, dann sagen Sie mir, ob das ihr Passagier war."

Eingehend studierte Tony Danner die Fotografie. Schließlich sagte er bestimmt: „Das ist der Mann. Er trägt die Haare jetzt noch länger. Und das Gesicht ist auch nicht mehr so eingefallen. Aber keine Frage. Das ist er."

„Sie haben nicht die geringsten Bedenken? Sie sind sich absolut sicher, Mister Danner?", vergewisserte sich Steel.

„Natürlich bin ich mir sicher. Wenn ich sage, das ist der Bursche, dann ist er es auch. Glauben Sie, ich lüge? Wer ist der Knabe überhaupt? Warum sucht ihr nach ihm? Was hat er verbrochen?"

Höflich überging Steel die Frage und verabschiedete den Zeugen mit einem Händedruck.

„Ich danke Ihnen für ihre Mitarbeit, Mister Danner. Sie waren uns sehr behilflich. Gehen Sie mit der Kollegin. Sie wird ihre Aussagen protokollieren. Auf Wiedersehen, Mister Danner!"

Nachdem sie wieder allein im Büro waren, sagte Brooker: „Das ist der endgültige Beweis. Welden besuchte Vanessa Hush. Er zappelt im Netz."

„Sie scheinen Recht zu haben", erwiderte Steel. „Alle Verdachtsmomente bündeln sich auf Steven B. Welden. Jedoch nur im Falle Vanessa Hush. Ich bewirke bei der Staatsanwaltschaft einen Haftbefehl gegen ihn. Und Sie, Brooker, schleppen Welden her."

***

Mama Carleones Cafe war eine kleine italienische Pizzeria in der Bronx. Kenner behaupteten einmal dort würden die besten Pizzas und Spagetti von ganz New York serviert werden. Früher besuchten Gäste verschiedenster Herkunft das gemütliche Lokal. Studenten, Arbeiter, Künstler und Tageträumer, Schuhputzer und Bankangestellte und Streifenpolizisten. Bei Mama Carleone waren alle gleich. Man vergaß die Alltagssorgen, den Stress im Büro oder sonstigen privaten Ärger. Nicht selten dauerten die Gespräche bei Wein und Bier bis in die frühen Morgenstunden.

Das war lange her. Heute verliefen sich nur noch wenige Stammgäste zu Mama Carleone. Die McDonalds, die Bürgerkings, die unzähligen Frittenbuden mit dem Fast-Food- Essen erwiesen sich als zu starke Konkurrenz. Die schnelllebige Jugend zeigte wenig Interesse für gutes italienisches Essen, für trockenen Rotwein und endlose Unterhaltungen.

Als Steven B. Welden am frühen Nachmittag bei Mama Carleone einkehrte, war er der einzige Besucher im Cafe. Einst musste man viel Glück haben, um zu dieser Zeit einen freien Platz zu ergattern.

Er setzte sich an einen Tisch, mit Blick auf den Eingang.

Aus der Küche rief eine imposante Frauenstimme: „Un momento, Signore! Ich komme sofort zu Ihnen."

Welden streckte die Beine unter dem Tisch aus und zündete sich eine Zigarette an. Viel Zeit war verstrichen seit er das letzte Mal hier war. Genaugenommen drei Jahre. Damals war das Cafe sein Zuhause, oft eine Zuflucht. Damals, als er mit Jeck Born die Privatdetektei gründete, verbrachten sie unzählige Stunden bei Pasta und Wein, debattierten über Gott und die Welt, über Träume und Hoffnungen. Wenn sie die Rechnungen nicht begleichen konnten, weil die Detektei anfangs schlecht anlief, gewährte ihnen Mama Carleone Kredit, bis die Aufträge sich mehrten und sie etwas Geld verdienten.

Früher versuchte einmal eine Verbrecherbande von den Carleones Schutzgeld zu erpressen und kidnappten als Druckmittel eines der fünf Kinder. Welden und Born gelang es jedoch das kleine Mädchen aufzuspüren und unverletzt zu befreien. Nebenbei legten sie auch den Entführen das schmutzige Handwerk und übergaben sie der Citizenpolice. Seitdem gehörten Welden und Born zu Familie Carleones.

Ahnungslos schlurfte Mama Carleone aus der Küche. Die schwergewichtige Frau mit dem Haarknoten im Nacken starrte Welden an, als wäre er ein Geist.

Sie schlug die fleischigen Hände über den Kopf zusammen und rief: „Mama Mia, Steven Boy Welden, du bist wieder da?"

Ihre schwarzen Augen begannen zu strahlen, ein Lächeln erhellte ihr Gesicht und sie breitete die mächtigen Arme aus. „Komm zu Mama Rosa, Bambino, komm zu mir!"

Er stand hinter dem Tisch auf, lächelte ebenfalls und ging ihr entgegen. Liebevoll drückte sie ihn an ihren gewaltigen Busen und die Tränen kullerten über ihre Wangen. „Du hast dich lange nicht mehr sehen lassen, Bambino. Ich bin leicht böse auf dich."

„Verzeih, Mama Rosa, ich habe eine schlimme Zeit hinter mir. Du weißt, Grazia ist gestorben und mit ihr auch ein Teil von mir."

„Ja, weiß. Auch mein Herz trauerte um Grazia. Sie war wie eine Tochter für mich. Wir konnten den grauenvollen Tod gar nicht glauben. Es war einfach furchtbar."

Betrübt sagte er: „Sprechen wir nicht über Grazia. Es ist nicht mehr zu ändern. Beerdigen wir auch die Vergangenheit. Nun bin ich da und bitte dich um deine Hilfe, Mama Rosa."

„Wenn du meine Hilfe brauchst, werde ich sie dir geben. Du musst nicht darum bitten." Sie schob ihn eine Armlänge von sich weg und begutachtete ihn kritisch: „Du bist schrecklich dünn geworden, mein Junge. Hat dich niemand in der Fremde versorgt? Ich koche dir sofort eine Pasta."

Er winkte ab: „Später, Mama Rosa, später. Ich bin auf der Flucht. Die Police fahndet nach mir."

Augenblicklich stapfte Mama Carleone zur Eingangstür sperrte sie ab und drehte das Schild *chiuso* nach außen.

„Gehen wir in die Küche!", befahl sie dann resolut. „Ich koche dir Nudeln und du erzählst mir deine Geschichte."

***

Nur kurze Zeit später traf Jeck Born ein. Sie setzten sich in ein Nebenzimmer. Mama Rosa brachte ihnen Getränke und ließ sie allein.

Mit knappen Worten informierte Welden den Freund über das Geschehen der vergangenen Nacht.

„Mann, oh Mann!", seufzte Born hinterher. „Du bist keine 72 Stunden in New York und schon gibt es Trouble ohne Ende. Wie schaffst du das bloß?"

„Wir müssen das Dreckschwein schnappen und zwar schnellstens. Sein nächstes Opfer soll eine gewisse Vivien sein. Sie schwebt in höchster Lebensgefahr. Nur habe ich keinen blassen Schimmer wer das Mädchen ist und wo ich sie finden kann. Aber die Zeit rennt uns davon."

„Hast du den Kerl gesehen?"

„Nein, wie sollte ich? Der Killer tauchte hinter mir auf und bedrohte mich mit dem Messer. Als ich ihn abwehren wollte, schlug er mich nieder. Ich erinnere mich nur verschwommen, irgendetwas war noch, da war ein blutiges Hosenbein, und dann nichts mehr. Nur noch ein schwarzes Loch."

„Okay, vielleicht fällt es dir noch ein. Nun zu dieser Vanessa Hush. Da muss ich dir etwas sagen, das dir nicht gefallen wird."

„Spuck es einfach aus, Jeck!"

Welden nippte am Sodawasser und zündete sich eine Zigarette an.

„Okay, Boy. Vanessa war kein unbeschriebenes Blatt. Sie war ein exklusives Callgirl. Jeder konnte sie mieten. Tut mir leid, Mann. Aber Vanessa war für Jeden zu haben, der sie bezahlen konnte."

Entrüstet sagte Welden: „Was erzählst du mir da? Vanessa war eine Nutte? Das ist ein schlechter Witz oder?"

„Das ist kein schlechter Witz", konterte Born ungerührt. „Vanessa verdiente ihren Lebensunterhalt, indem sie ihren Körper teuer verkaufte. Das ist die Wahrheit. Ob sie dir nun gefällt oder nicht. Es könnte also sein, dass der Mörder ein eifersüchtiger Freier war, der euch beide im Bett überraschte und die Beherrschung verlor."

„Verfluchte Scheiße", sagte Welden laut. Vanessa soll eine Edelnutte gewesen sein? Er rief sich die nächtlichen Stunden ins Gedächtnis. Da waren die heißen Küsse, die leidenschaftliche Begierde, der hemmungslose Sex. Aber da waren auch die traurigen Augen und die salzigen Tränen. Vanessa offenbarte ihr Innerstes. Sie hatte ihn wirklich geliebt. Zu mindestens für die kurze Zeit die ihr blieb.

Nachdenklich fügte er hinzu: „Vielleicht war es derselbe Mann, der auch ihre Tochter killte?"

„Möglich ist alles, jedenfalls sollten wir das nicht ausschließen", erwiderte Born. „Doch wir haben zu wenige Erkenntnisse. Wir brauchen jemanden, der uns über die polizeilichen Ermittlungen informieren könnte. Jemanden der an der Quelle sitzt."

„Sprich nicht in Rätseln. Wen meinst du?"

„Annett McCormick!"

„Annett McCormick?", wiederholte Welden konsterniert den Namen und verschluckte sich fast am Bier. „Wie kommst du gerade auf Annett? Sie sitzt doch nicht im Polizeibüro, sondern im Frauengefängnis oder nicht?"

Unwillkürlich holte ihn die Vergangenheit wieder ein. Er hatte Annett McCormick nicht vergessen. Sie spielte vor drei Jahren eine undurchschaubare Rolle im Mordfall seiner Frau Grazia. Das Gericht konnte ihr jedoch keine Mittäterschaft nachweisen. Wegen anderer Strafdelikte wurde sie zu fünf Jahren Gefängnis verurteilt. Annett McCormick, schön, grünäugig, pechschwarzes Haar und kälter als Eis.

„Sie wurde vor einem halben Jahr wegen guter Führung auf Bewährung entlassen", sagte Born in Weldens Rückblende hinein. „Hoogan vermittelte ihr einen Job als verdeckte Ermittlerin in der Drogenszene.

„Annett ein Cop?", staunte Welden und wunderte sich über gar nichts mehr. Er war drei Jahre weg aus New York und die Welt stand Kopf.

„Ich glaube, sie hat immer noch eine Schwäche für dich", fügte Born zu.

„Sie weiß, dass ich in New York bin? Du hast es ihr verraten? Bist du bekloppt?"

Erbost zündete Welden erneut eine Zigarette an, obwohl die andere halbgeraucht im Aschenbecher abbrannte.

Ungerührt trank Born einen Schluck Whisky und sagte dann: „Ich habe Annett angerufen und ihr gesagt du sehnst dich nach ihr. Sie ist auf dem Weg hierher."

„Hast du den Verstand verloren? Annett kommt hierher? Wenn sie jetzt Polizistin ist, kreuzt sie mit einer Armee hier an?"

„Entspann dich, Old Boy. Wir können ihr vertrauen. Sie hat sich im Knast geändert. Sie ist kein berechnender Vamp mehr."

Misstrauisch beäugte Welden den Freund: „Vom Saulus zum Paulus geläutert? Annett wird sich nie ändern. Das schminke dir ab. Was sollen diese Lobeshymnen? Bist du in sie verknallt? Schläfst du gar mit ihr?"

„Du bist ein Idiot! Annett und ich sind nur gute Freunde geworden. Mehr ist nicht. Nur gute Freunde."

„Meinen Glückwunsch", gratulierte Welden süffisant. Irgendwie war er wütend und wusste nicht warum.

Ein Klopfen am Zimmereingang.

„Das ist Annett", sagte Born und erhob sich. „Ich lasse euch jetzt alleine. Ihr habt euch sicher viel zu erzählen."

Nervös murmelte Welden: „Bleib da, du kannst mich nicht mit ihr allein lassen. Was soll ich mit ihr reden?"

„Dir wird schon etwas einfallen", grinste Jeck Born. Er öffnete die Tür und sagte: „Hallo, Annett!"

Er küsste die schwarzhaarige Frau auf die Wange und schob sich an ihr vorbei.

Da stand Annett McCormick auf der Türschwelle. Gertenschlank, hautenge Blue Jeans, weiß-blau karierte Hemdbluse, rote hüftlange Lederjacke.

Beinahe erkannte Welden sie nicht wieder. Das ehemals schulterlange, tiefschwarze Haar war mädchenhaft kurz geschnitten und nicht toupiert. Nur ein Hauch Schminke im klarem Gesicht. Seegrüne Augen, rubinrote Lippen. Annett McCormick war von faszinierender Weiblichkeit und unglaublich schön. Keine Anzeichen mehr von der früheren Gefühlskälte.

„Hallo, Mister Welden", begrüßte sie ihn mit dunkler, weicher Stimme. „Empfängt man so alte Freunde? Hat es dir die Sprache verschlagen? Habe ich mich so zu meinem Nachtteil verwandelt?"

„Hallo, Lady", sagte er verwirrt und stand auf. „Du siehst gut aus."

Dann saßen sie sich beide gegenüber und schwiegen sich an.

Schließlich unterbrach Annett das peinliche Schweigen. Sie blickte ihm tief in die Augen und sagte: „Ich wartete auf ein Lebenszeichen von dir, Mister Welden. Aber du hast dich nie bei mir gemeldet. Und nun bist du wieder in New York und rufst mich nicht an. Warum nicht?"

„Ich weiß nicht, Lady. Ich wollte die Vergangenheit ruhen lassen."

„Ich bin zur Bewährung frei!"

„Jeck erwähnte es. Du machst Kariere bei den Cops!"

„Ein miesbezahlter Job. Ich erhielt eine letzte Chance und nützte sie."

Er zerdrückte den Zigarettenstummel im Ascher und brannte sich eine neue an, ohne ihr eine anzubieten.

„Ich freue mich für dich", sagte er langsam.

„Du solltest mich küssen", forderte sie ihn unverblümt auf. „Alte Bekannte küsst man doch, wenn man sie nach Jahren wiedertrifft. Oder fürchtest du dich vor mir?"

Ihre Herzlichkeit verstärkte seine Konfusion noch weiter und er wusste nicht, wie er sich verhalten sollte.

Überraschend beugte Annett sich über den Tisch und küsste ihn mitten auf den Mund. „Willkommen in der Stadt, Mister Welden."

Er spürte noch den Druck ihrer Lippen, während sie bereits wieder auf dem Stuhl hockte. Zum Teufel, warum schlug sein Herz so unregelmäßig?

Geschickt wechselte Annett das Thema: „Du hast einen Haufen Ärger am Hals, Mister Welden. Du wirst des Mordes verdächtigt. Die Kollegen suchen dich wie die berühmte Stecknadel im Heuhaufen. Angeblich hast du das Callgirl Vanessa Hush getötet und dabei ein unglaubliches Blutbad angerichtet. Bist du ein Mörder?"

Zornig schoss Welden vom Stuhl hoch.

„Verdammt Lady, rede nicht so einen Stuss! Du weißt genau, dass ich kein Killer bin. Na schön, ich war in der Wohnung. Ja, und ich habe auch mit Vanessa geschlafen. Nein, ich habe sie nicht getötet!"

„Du warst mit ihr im Bett? Du hast mit ihr geschlafen und sie dafür bezahlt?"

Er setzte sich wieder. Sein Zorn war nicht ganz verflogen.

„Ich habe sie nicht bezahlt", rechtfertigte er sich und wollte es gar nicht. „Ich hatte keine Ahnung, dass Vanessa ein Callgirl war. Es ist einfach passiert. Sie weinte und umarmte mich."

„Ich verstehe. Du armer Mann bist verführt worden. Dafür musst du dich nicht entschuldigen. Sie hat dich überrumpelt und dich auf ihre Matratze gezogen."

„Ich entschuldige mich nicht. Scheiße, Vanessa verlor auf tragische Weise ihre Tochter. Sie suchte einfach nur Trost und ein wenig Verständnis. Sie war eine schrecklich einsame Frau. Auch wenn sie eine Dirne war. So wie sie sollte niemand sterben."

Leise sagte Annett McCormick: „Tut mir leid, ich konnte nicht wissen, dass du sie liebtest."

„Ich liebte sie nicht", erwiderte er und rauchte einen Zug. „Wir waren zwei verlorene Seelen, die sich kurz einander klammerten. Ich hatte lediglich Sex mit ihr. Um uns kennenzulernen blieb uns zu wenig Zeit."

„Verzeih meine Ironie. Ich weiß, du bist keine blutrünstige Bestie. Aber du kennst ja den Polizeiapparat. Die zahlreichen Indizien belasten dich schwer. Die Cops haben in der Wohnung dein verlorenes Flugticket gefunden, dazu eine silberne Armbanduhr. Gehört die dir?"

„Ja!" gab er freimütig zu.

„Fantastisch! In der Wohnung gibt es Fingerabdrücke enmas. Ich nehme an, darunter sind auch deine. Es wurden auch deine blutverschmierten Klamotten im Hotelzimmer entdeckt. Dazu hat sich auch der Taxifahrer gemeldet, der dich von der Greenpoint Avenue ins Little Home Hotel kutschierte und dich auf einem Foto wiedererkannte. Deine Zukunft sieht nicht gerade rosig aus. Was ist also geschehen, Mister Welden?"

Er schilderte es ihr so kurz es ging. Die Liebesszenen überging er.

„Wie schaffst du das nur, Mister Welden", kommentierte Annet McCormick kopfschüttelnd seine Geschichte. „Wie willst du aus der misslichen Lage heil herauskommen? Die Story nimmt dir kein Mensch ab. Du solltest dich freiwillig den Cops stellen. Ich besorge dir einen guten Anwalt."

„Das ist nicht dein Ernst, Lady. Da kann ich mich gleich selber auf den elektrischen Stuhl schnallen. Nein, ich habe nur eine einzige Chance. Ich muss den wahren Täter aufspüren."

„Na, dann viel Glück. Aber es kommt noch knüppeldicker für dich. Es werden dir noch ein weitere Morde angekreidet."

Argwöhnisch horchte Welden auf: „Was soll das heißen?"

„Meine Berufskollegen überprüfen gerade, ob du nicht auch für andere Mädchenleichen verantwortlich bist. Im Besonderen für Patrizia, die Tochter von Vanessa. Wenn du für die Zeit von Januar bis Februar kein stichfestes Alibi vorweisen kannst, sehe ich schwarz für dich. Die Polizei ist unter Druck. Sie muss einen Mörder der Öffentlichkeit präsentieren und sie hat dich im Visier. Ein Bericht aus Kanada bezichtigt dich in einer Alkoholentzugsklinik eine Ärztin vergewaltigt zu haben."

„Das ist Bullshit!" erregte sich Welden. „Glaubst du etwa diesen Schwachsinn?"

„Was ich glaube ist nicht relevant. Für die Chiefs ist die angebliche Notzucht ein weiterer Indiz für deine Täterschaft."

Verbittert fluchte er: „Verdammt, Lady! Warum muss ich mich in deiner Gegenwart dauernd erklären? Ich habe keiner Frau was angetan. Diese nymphomanische Psychologin beschuldigte mich bei der Klinikleitung des sexuellen Missbrauchs. Und der Grund dafür war, dass sie mich anmachte und ich ihr die kalte Schulter zeigte. Sie war ein hässliches, unbefriedigtes Weib und rächte sich auf diese schäbige Art."

„Was ist mit deinem Alibi? Du kündigst im Januar den Job und bist dann wie vom Erdboden verschluckt. Bis zu deiner Ankunft vorgestern in New York. Wo warst du in der Zwischenzeit?"

„Wo soll gewesen sein? Ich hielt mich zwei Monate in einer Blockhütte in Kanadas Bergen auf. Ich wollte mir klar darüber werden, ob es richtig ist in New York einen Neustart zu wagen. Offensichtlich ein fataler Fehler. Ist dein Verhör damit beendet und dein Wissensdurst gestillt, schöne Lady?"

Ruhig antwortete sie: „Ich werde dir helfen, wo immer ich kann. Auch wenn mir das den Job kosten kann. Ich bin es dir schuldig."

„Du bist mir nichts schuldig. Wir sind quitt", sagte er spröde.

„Wie es auch sei. Ich stehe zu dir!"

„Was sagt dir der Name Vivien? Er stand auf dem Spiegel in Vanessas Bad?", erkundigte er sich.

„Vivien heißt die zweite Tochter von Vanessa. Wir fahnden bereits nach ihr."

„Dann beeilt euch damit. Sie könnte das nächste Opfer werden, wenn der Killer die Ankündigung wahr machen will."

„Uns ist bekannt, dass Vivien Hush ihrer Mutter gelegentlich einen Freier abnahm und so ihre Finanzen aufbesserte. Nebenbei tanzte sie gelegentlich als Oben-Ohne-Girl im *Halloween*, einer Tanzbar in der East 160the Street."

„Dann kann es doch nicht schwer sein, das Mädchen aufzuspüren", meinte er.

„Das hoffe ich auch", sagte Annett.

Sie kritzelte mit einem Bleistift eine Nummer über den Filzdeckel, auf dem Jeck Borns Whiskyglas gestanden hatte. Zugleich rückte sie den Stuhl zurück und erhob sich.

„Ich muss jetzt gehen, Mister Welden. Ruf mich an, wenn du mich brauchst. Ich bin da. See you later, Alligator!"

Versonnen blickte Welden gegen die geschlossene Eingangstür. Er glaubte noch Annetts herbsüßes Parfüm im Raum zu riechen, obwohl sie schon lange gegangen war. Und irgendwie prickelte auch weiterhin ihr heißer Kuss auf seinen Lippen.

***

Das kochende Schaumwasser roch nach Meeresalgen und schwappte nach jeder Bewegung des Badenden über den Wannenrand. Er tauchte den Kopf tief unter und kam prustend wieder hoch. Mit den gespreizten Fingern wischte er die Haarsträhnen aus den Augen und der Stirn.

Unwillkürlich musste er an die vormalige Nacht denken. Niemals wollte er diese wunderbare Frau umbringen. Dafür hatte er sie zu sehr geliebt. Sie war sein Leben. Das wusste sie und trotzdem betrog sie ihn schamlos.

Ein Zittern durchlief seinen Körper und ihn fror im dampfenden Badewasser.

Klar und deutlich, als spulte ein Film vor seinen Augen ab, durchlebte er ein zweites Mal die blutige, nächtliche Stunde…

Er steht vor Vanessa Hush Wohnung und die Vorfreude spiegelt sich in seinem Gesicht wider. In wenigen Minuten wird er sie im Arm halten. Er wird sie liebevoll küssen und sie streicheln.

Nach dem Aufschließen der Tür tritt er in die dunkle Diele. Er will kein Licht einschalten. Vanessa wird nackt im Bett liegen und ihn schmachtend empfangen.

„Liebling, gleich bin ich bei dir", flüstert er lüstern. Achtlos wirft der das Jackett auf die Couch, streift das Schulterhalfter mit dem 38 Special Smith&Wesson ab, entledigt sich auch des weißen Oberhemdes.

Jegliches Geräusch vermeidend tapst er auf Strümpfen in das Schlafgemach. Und dort stirbt er beinahe vor Schreck.

Im wachsbleichen Mondlicht, welches durch die halb geschlossenen Jalousielamellen bricht, sieht er auf dem zerwühlten Bettlaken zwei engumschlungene, schlafende Körper. Nackt wie Gott sie schuf.

Ihm ist, als würde man ihm das Herz aus der Brust reißen. Er kann es nicht begreifen.

Vanessa ist nicht allein. Seine Geliebte schläft mit einem wildfremden Mann. Ein Mann, der sie berühren und betatschen darf und der es mit ihr getrieben hat.

Das obszöne Bild schweißt sich in sein Gehirn und lässt ihn nicht mehr los. In den Schläfen beginnt das Blut zu rauschen.

„Vanessa, warum tust du mir das an?", klagte er wehleidig. „du hast mir doch ewige Treue geschworen."

Er kann den Blick nicht von dem ineinander verkeilten Paar nehmen. Dabei pumpt das Blut immer schneller durch seine Venen. Er sieht nur noch intimes, nacktes Fleisch, entspannte Glieder und anrüchige Körperpositionen. Die Hand des fremden Mannes umfasst Vanessas Brüste.

Blanker Hass entlädt sich. Wie von Sinnen nimmt er den Aschenbecher vom Nachttisch und schlägt ihn dem schlafenden Mann auf den Hinterkopf. Dann packt er den Ohnmächtigen, reißt ihn von Vanessa weg und wirft ihn aus dem Bett.

Die Geräusche wecken Vanessa auf.

„Steven?", fragt sie schlaftrunken.

Der nächtliche Besucher lacht grässlich, duckt sich zu den Beinen und zieht ein Messer aus dem Futteral, das am Wadenbein befestigt ist.

Die Mörderfratze glänzt im Wahnsinnsfieber und aus den Augen flammen teuflische Blitze.

„Duuu?!" Vanessa erkennt ihn. Als seine kalte Hand ihr die Luft abschnürt, bäumt sich ihr Leib auf und heftig beginnt sie sich zu wehren. Ihre spitzen Fingernägel zerkratzen den Rücken des Peinigers.

Doch ihre Gegenwehr stachelte seine Ekstase noch mehr an. Total außer Kontrolle wuchtet er die scharfe Messerklinge in den weiblichen Körper. So oft, bis sich Vanessa nicht mehr bewegt und er entkräftet über sie zusammenbricht.

Das Badewasser war erkaltet und die menschliche Bestie weinte hemmungslos. „Oh, Vanessa, Darling, warum hast du mich verlassen?"

Ein ungeduldiges Klopfen an der Tür holte ihn in die Gegenwart zurück: „Liebling, was treibst du bloß? Nun bist du bald drei Stunden im Bad! Das genügt, mach endlich Platz für andere!"

***

Der Tanzpalast **Halloween** glich einem Tollhaus und drohte aus allen Nähten zu bersten. Die ausgelassenen Gäste tanzten und hüpften das die Schuhsohlen rauchten. In dem ohrenbetäubenden Musiklärm war keine normale Unterhaltung möglich. Man schrie sich an, gestikulierte mit Händen und Zeichen.

Auf einem erhöhten Podium verrenkten sich barbusige Gogo-Girls die Glieder im Rhythmus des Gitarrensounds. Die Luft war geschwängert von Schweiß, Alkohol, Zigaretten und LSD.

Nur schwer konnte sich Steven B. Welden einen Weg durch die ausgeflippte Menschenmenge bahnen. Schließlich ergatterte er einen Platz an den langen Bartresen.

Der dunkelhäutige Barmixer schwitzte aus allen Poren. „Was darf es sein, weißer Bruder?", überbrüllte er den Radau.

„Gib mir ein Sodawasser", brüllte Welden genauso laut dagegen.

Der Schankmann knallte die Flasche auf die Theke.

Nachsichtig legte Welden ein paar Geldscheine daneben, behielt aber schützend die Hand darüber: „Ich suche ein Mädchen. Vivien heißt es. Es soll hier tanzen. Kennst du das Girl?"

„Wen suchst du? Ich verstehe dich nicht, Bruder!"

„Ich will mit Vivien reden! Tanzt sie heute?" versuchte Welden sich zu verständigen.

„He Mann, du siehst doch, dass hier die Hölle los ist. Ich bin doch kein Auskunftsbüro!"

„Vivien! Ich suche Vivien!", schrie Welden zurück und legte eine weitere Dollarnote dazu.

Wieselflink zog ihm der Dunkelhäutige die Geldscheine unter den Fingern weg.

Schallend rief er: „Ich habe Vivien schon seit Tagen nicht mehr gesehen. Angeblich hat sie einen reichen Verehrer aufgerissen. Frag mal ihre Busenfreundin Kathy, vielleicht weiß die mehr. Und nun lass mich zufrieden, Mann. Ich habe zu tun!"

„Wo finde ich Kathy?"

„He, weißer Bruder, du bist doch ein schlaues Bürschchen. Du wirst Kathy schon finden, da bin ich mir sicher."

„Onkel Tom, ist ein Blödmann", meldete sich das hübsche Mädchen neben Welden und ruckte mitsamt dem Barhocker näher zu ihm. „Spendierst du mir einen Trink, Großer?"

Die Kleine wirkte aufreizend sexy. Bunte Seidenbluse, knapp unterhalb den apfelgroßen Brüsten zusammengeknotet, schwarze hautenge Hotpants, feuerrote Lackstiefel. Schulterlange semmelblonde Haare, das noch kindliche Gesicht viel zu stark geschminkt.

Er schätzte sie nicht älter als siebzehn Jahre.

„Du solltest nach Hause gehen", erwiderte er gewollt brüsk.

Unbeschwert lachte sie ihn an. „Komm, sei kein Spielvertreiber. Ich bin Susanne und will nur ein wenig Spaß. Lass uns tanzen, mein Großer! Und dabei den tristen Alltag vergessen."

Sie packte ihn einfach an der Hand und schleifte ihn zur vollbesetzten Tanzfläche.

Aus den großvolumigen Lautsprecherboxen plärrte Joe Cocker: Whit A Little Help From My Friends.

Während sich Welden kaum nach der Musik bewegte, versetzten die Klänge die junge Susanne in höchste Verzückung. Wild fuchtelnd mit den Armen, die Augen geschlossen, schüttelte sie den knabenhaften Körper und schleuderte die blonden Haare hin und her.

Das war nicht Weldens Musik. Er war mit Elvis Presley und Chuck Berry aufgewachsen. Er mochte Rock'n Roll.

Er ließ Susanne alleine tanzen und begab sich wieder an die Bar. Das Wasser aus der Flasche schmeckte bereits schal. Er steckte sich eine Zigarette an. Wie sollte er in diesem aufgescheuchten Hühnerstall ein Mädchen namens Katy finden?

Ehe er sich versah, gesellte sich Susanne wieder an seine Seite. Sie war richtig durchgeschwitzt und die feuchte Bluse klebte an den kleinen Titten. Das nasse Haar hing zerzaust im Gesicht.

Außer Puste fragte sie kokett: "Was ist los mit dir, Großer? Magst du mich nicht oder bist du schwul?"

„Du solltest wirklich nach Hause gehen", wiederholte er sich.

„Mann, sei kein lahmer Spießer", lamentierte sie. „Ich habe Durst, gib mir einen Trink aus!"

Er gab sich geschlagen und winkte dem Barmann: „Für das nette Girl neben mir eine Cola oder einen Apfelsaft und für ein frisches Soda."

Susanne lachte glockenhell und hakte sich bei ihm unter. „Süßer, du bist tatsächlich ganz schön spießbürgerlich. Aber du bist ein ganz Lieber. Ich mag dich!"

Durstig leerte sie das Glas in einem Zug.

„Schenkst du mir noch eine zweite Cola? Wie heißt du eigentlich?"

„Steven, aber Freunde sagen Boy zu mir."

„Dann sage ich auch Boy zu dir! Einen erwachsenen Mann, den die Freunde Boy nennen. Das gefällt mir." Neugierig sah ihn Susanne an: „Du bist mir noch eine Antwort schuldig, Boy!"

„Was für eine Antwort?"

Der Barkeeper brachte eine weitere Cola.

„Bist du nun schwul oder nicht?" fragte sie direkt.

„Wenn es dich beruhigt, ich bin nicht schwul", antwortete er und konnte das Lächeln in seinem Gesicht nicht verhindern.

„Beweise es! Küss mich!", verlangte sie frech von ihm.

Schnell beugte er sich zu ihr und küsste sie auf die Wange.

„Das soll ein Kuss sein?", maulte Susanne.

„Ich dachte, ihr küsst keinen Mann über dreißig. Das ist doch euer Motto. Trau keinem über dreißig, und ich bin 31!"

„Das stört mich überhaupt nicht. Im Gegenteil." Kokett fügte sie an: „Ehrlich, ich mag alte Männer wie dich. Sie haben viel mehr Erfahrung, sind viel zärtlicher und ausdauernder wie diese Halbwüchsigen mit ihren Oberlippenflaum und den obermachomäßigen Getue. Das tönt mich doch nur ab. Ihr alten Männer wisst was wir Frauen wollen."

Er grinste breit: „Das du mich Dreißigjährigen, als alten Mann bezeichnest, macht mich schon ein bisschen traurig."

Sie umhalste ihn und ihre roten Lippen näherten sich den seinen. „Wenn du nur willst, kannst du mich haben", hauchte sie. „Ich gehe mit dir wohin du willst, Mister Boy!"

Sanft, aber bestimmt löste er sich aus der Umhalsung und hielt sie auf Abstand.

„Hör zu, Kleines, das ist keine gute Idee", sagte er nachsichtig milde, als rede er mit einem eigensinnigen Kind. „Glaube mir ich bin der falsche Mann für dich."

„Schade", meinte sie und wirkte keinesfalls eingeschnappt.

„Aber jetzt im Ernst, Su. Möglicher Weise kannst du mir helfen. Kennst du zufällig eine Kathy, die hier das Tanzbein schwingen soll? Oder vielleicht eine Vivien?"

Erstaunt erwiderte sie: „Mich tritt ein Pferd! Du hast es ja faustdick hinter den Ohren! Wen suchst du nun? Kathy oder Vivien? Oder gar beide?"

„Vivien ist spurlos untergetaucht und Kathy, ihre beste Freundin, weiß vielleicht wo ich Vivien finden kann."

„Ist Vivien dein Mädchen?"

„Ja, wir haben uns gestritten und sie ist mit einem vergammelten Hippie durchgebrannt", schwindelte Welden.

„Muss ja eine tolle Braut sein, wenn du ihr nachrennst", meinte Susanne.

„Du kennst Vivien also nicht", erwiderte er leicht enttäuscht.

„Nein, aber Kathy!" Susanne zeigte auf die Bühne, auf der fünf knapp bekleidete Tänzerinnen ihre schweißtreibende Akrobatik verrichteten. „Kathy tanzt gerade. Sie ist die einzige Rothaarigen unter den Brünetten."

Ehe er sich versah, küsste sie ihn auf die bärtige Wange und sagte: „Machs gut, großer Boy. Ich wünsche dir viel Glück auf deiner Suche nach Vivien. Wenn sie dich nicht mehr haben will, du weißt wo du mich antreffen kannst. Vergiss mich nicht ganz."

In Sekundenschnelle tauchte sie in der anonymen Menschenmasse unter.

Nachdem Welden die noch ausstehenden Drinks bezahlt hatte, kämpfte er sich zum erhöhten Tanzpodium vor.

In den gebündelten Laserstrahlen der Spots hüpften die fünf Tanzgirls wild und ausgelassen über die Bretter.

„Hey Kathy!" versuchte Welden das Spektakel zu überschreien.

Die Rothaarige auf dem Podium hörte ihn nicht. Sie tanzte barfüßig, um die Wespentaille lediglich einen Leopardenfellschurz gewickelt. Der grazile Mädchenkörper bewegte sich lasziv im Takt und der glänzende Schweiß perlte ihr zwischen den schwingenden Brüsten.

Er verstärkte die Stimme: „He, Kathy!"

Wieder regierte sie nicht. Rhythmisch schwang sie die Arme über den Kopf.

„Na, schön, wenn es nicht anders geht", sagte er grimmig und sprang mit einem Satz auf die Bühne.

Das Publikum kreischte vor Vergnügen.

Fest umfasste Welden das überraschte Mädchen und drehte sich mit ihr im Kreis.

„He, Mann! Bist du bescheuert? Was soll die Show?", giftete ihn die rothaarige Kathy an und versuchte ihn wegzustoßen.

Doch Welden hielt sie fest wie in einem Schraubstock und raunte in ihr Ohr: „Ich muss Vivien finden! Sie schwebt in Lebensgefahr! Ein Verrückter will sie killen!"

Kathys Tanzbewegungen wurden langsamer und ungläubig starrte sie ihn an: „Was erzählst du, Mann? Willst du mich verarschen? Wer bist du überhaupt? Ein Cop?"

„Ich bin kein Cop", stritt er ab. „Tanz weiter, Kathy! Lass dir nichts anmerken. Zeige ein Lächeln und sage mir einfach, wo sich Vivien herumtreibt!"

Ihre Kräfte reichten nicht aus, um sich aus seiner Umklammerung zu befreien. Der Schweiß von ihrem Oberkörper benetzte sein Hemd.

„Hau ab, du Bullenschwein!", beleidigte sie ihn.

Aus den Augenwinkeln sah Welden einen muskelbepackten Zweimeterhünen heranstürmen, der sich mit mächtigen Armschwingungen durch die johlenden Besucher schaufelte.

Als der Riese das Plattform erreichte, bellte er lauthals: „Arschloch, dein Auftritt ist vorüber! Lass die Puppe los und verpfeife dich, bevor ich dich eigenhändig an die frische Luft befördere!"

Beruhigend nickte ihm Welden zu: „Alles ist okay, Kumpel, Es war nur ein Spaß, ein harmloser Spaß."

Er ließ die widerspenstige Kathy frei und sprang behände vom Podest.

„Verschwinde, Mann!" sagte der Muskelprotz und verabreichte Welden einen derben Schlag gegen die Brust, dass dieser rückwärts taumelte und beinahe stürzte.

„Buuuuhhh!!!" pfiffen einige Zuschauer unmutig.

Wütend schnellte Welden auf dem Absatz herum.

Der Hüne fletschte die Zähne und demonstrierte seine urwüchsige Kraft mit den klodeckelgroßen Fäusten. „Du Pisser willst Streit? Komm her und ich polier dir die Fresse!"

Es gelang Welden sich zu entspannen. Es hatte keinen Sinn durch einen verbalen Streit noch mehr die Aufmerksamkeit der gaffenden Anwesenden auf sich zu lenken. Wortlos drehte er ab und ging zur Bar.

Hinter ihm schnauzte der Muskelberg die Mädchen an: „Was ist los mit euch? Tanzt weiter, ihr Schnepfen! Der Zirkus ist vorbei. Bewegt eure faulen Ärsche, pronto, pronto!"

Derweil verlange Welden erneut nach einem Sodawasser.

Er zündete sich gerade eine Zigarette, als auf einmal Kathy neben ihm auftauchte. Allein an ihrer feuerroten Haarmähne erkannte er sie wieder. Sie trug jetzt einen gelben grobmaschigen Pullover, einen braunen knielangen Wildlederrock und weiße Cowboystiefeletten. Abgeschminkt, frisch geduscht.

„Donnerwetter!", staunte er. „Du siehst angezogen ja fabelhaft aus. Kompliment!"

Kühl antwortete sie: „Spar dir deinen Schmus. Bist du nun ein Bulle oder nicht? Und stimmt das mit Vivien? Ist sie in Gefahr?"

„Zu Frage eins, nein ich bin kein Cop. Ich bin Privatdetektiv und heiße Steven Boy Welden."

„Schön für dich", meinte Kathy trocken. „Und zu meiner Frage zwei?"

Er erklärte es ihr: „Viviens Mutter wurde vorletzte Nacht getötet und ich war unseligerweise anwesend und konnte nicht helfen. Der Mörder kündigte nun an, er würde als nächstes Vivien killen."

„Mann, du verstehst es einer Angst einzujagen!"

„Ich will dich nicht einschüchtern. Du bist ja nicht in Gefahr. Vivien ist es. Ihr Leben ist kein Pfifferling wert, wenn ich ihren Aufenthalt nicht erfahre."

„Ist Viviens Mutter wirklich tot?"

„Bist du taub, Kathy? Damit scherze ich nicht!"

„Vor Wochen starb erst Viviens Schwester Patrizia und jetzt wird ihre Mutter umgebracht? Wer tut so etwas?"

„Ich weiß es nicht!"

„Aber warum? Warum bringt er sie alle um?"

Er sagte ehrlich: „Ich habe keine Ahnung. Wenn ich es wüsste, wäre ich um vieles schlauer. Doch ich tappe völlig im Dunklen. Der Killer ist ein blutdurstiges Monster. Deswegen muss ich Vivien vor ihm aufspüren. Kathy, wenn du was weißt, musst du mir es sagen. Ich bin ihre einzige Chance. Nur ich kann sie beschützen. Vertrau mir einfach!"

Der Beat von The Yardbirds schallte aus den Deckenboxen. Heart Of Soul. Der überfüllte Schuppen kochte. Die verräucherte Luft war zum Schneiden dick. Die blutjungen Teenager flippten aus, kollabierten reihenweise.

Ganz dicht standen Welden und Kathy beieinander und um sie herum tobte der normale Wahnsinn.

Niedergeschlagen sagte Kathy: „Es ist zu spät! Ich habe Vivien den Tod hinterher geschickt."

„Von was redest du?"

„Ich habe Vivien bereits verraten!"

„Ich verstehe kein Wort. Unsanft rüttelte er ihre Schulter.

„Was meinst du damit, du hast Vivien verraten?"

Sie hielt seinem fragenden Blick nicht stand und senkte die Lider.

„Vor knapp einer Stunde erkundigte sich schon ein anderer nach Vivien. Er behauptete ein Cop zu sein und drohte mich wegen Haschischkonsums einzulochen, wenn ich ihm nicht verrate wo Vivien ist"

„Verdammter Mist", fluchte er ahnungsvoll. „Hast du dir seine Dienstmarke zeigen lassen?"

Sie schüttelte den Kopf: „Natürlich nicht. Er flößte mir mit seinen Androhungen einfach fürchterliche Angst ein."

„Kannst du den Kerl beschreiben?"

„Wie Bullen eben aussehen. Kantiges Gesicht, mittelgroße, drahtige Figur, grauer Leinenanzug, stechende Augen."

„Na prima", sagte Welden sarkastisch. „grauer Leinenanzug und stechende Augen. Was für eine bemerkenswerte Charakteristik!"

Kathy schwieg darauf.

„Du hast diesem angeblichen Cop also die Adresse von Vivien gegeben? Und wie lautet die?"

„Vivien quartierte sich bei einem Geschäftsmann ein. Ich weiß nur den Vornamen. Er heißt Emil. Vivien kennt ihn erst seit vier Wochen."

„Verdammt, Kathy, das interessiert mich nicht. Ich will die Adresse!"

„Er ist verheiratet und hat ihr ein Appartement eingerichtet."

„Mensch, Kathy, jetzt rück endlich mit der Anschrift raus", beschwor er sie ungeduldig. „Der Bulle hat eine Stunde Vorsprung. Der ist kaum mehr einzuholen. Wir können nur hoffen, dass er Kathy in der Wohnung nicht antrifft."

„East 211, Street am Woodlawn Cementery, 1 Stock, Studio 14!"

„O Mädchen", stöhnte er. „Eine Antwort von dir herauszukitzeln ist anstrengender wie Steine weichklopfen. Ich mach mich auf die Socken. Hoffentlich komme ich noch rechtzeitig hin!"

„Ich komme mit!" sagte Kathy impulsiv.

Sofort drückte er sie in den Barhocker zurück. „Das fehlte mir noch! Du bleibst hier oder noch besser du gehst nach Hause. Und noch etwas, du bist ein reizendes Mädchen, schau dich nach einem anderen Beruf um. Sich halbnackt vor einem lüsternen Publikum zu präsentieren, ist kein Job für dich. Denk mal darüber nach, Machs gut, Kathy!"

Er klatschte einen Geldschein auf den Tresen und wühlte sich zum Ausgang durch.

Auf dem spärlich beleuchteten Parkplatz vor dem Tanzpalast herrschte noch ausgelassene Fröhlichkeit um diese Zeit nach Mitternacht.

Verliebte Pärchen knutschten auf den Motorhauben ihrer Autos, die Fortgeschrittenen vergnügten sich bereits im Innenraum. Die aufgestellten Transistorradios verursachten einen Höllenspektakel.

Als Steven B. Welden in den alten, klapprigen 57er Plymouth Fury einsteigen wollte, den ihm Mama Rosa ausgeliehen hatte, entdeckte er die blonde Susanne. Angeregt unterhielt sie sich mit einem mageren Jungen, der eine schwarze Motorradjacke mit silbernen Knöpfen trug und dessen Gesicht von einer Baseballkappe verdunkelt wurde.

Plötzlich sichtete auch Susanne Welden, lachte ihm heiter zu und winkte mit nach oben gestreckten Armen. Auch ihr Begleiter hob den Kopf und folgte ihrem Blick.

Für Sekunden sah Welden ein kreidebleiches, aknezerfurchtes Antlitz. Er verstand nicht was Susanne an dem Jungen attraktiv fand.

Freundlich winkte er zurück.

Etwa dreißig Meter stand Susanne von ihm entfernt und für einen Moment überlegte er, ob er zu ihr gehen sollte, um zu fragen ob alles in Ordnung sei. Doch sie wirkte locker und unbeschwert. Vielleicht verbat sie sich seine Einmischung. Und so verwarf er den ersten Gedanken wieder. Noch einmal winkt er Susanne zu und stieg dann in den Wagen.

Gegen ein Uhr nachts erreichte er die East 211 Street. Das Gebäude war direkt neben einem Friedhof erbaut. Um diese Zeit schien tatsächlich alles ausgestorben.

Er parkte den Wagen am Straßenrand. Eine innere Unrast beschleunigte seine Schritte. Der Hauseingang war verschlossen. Während er überlegte, wie er in das Wohnhaus eindringen konnte, flammte im Treppengang das Licht an und eine undeutliche Silhouette verwischte die milchige Türglasscheibe.

„Guten Abend", grüßte Welden den heraustretenden Anwohner.

Der hagere Mann im Leinenanzug antwortete nicht. Er hob schützend die Hände vor das Gesicht und lief stumm an Welden vorbei.

Stirnrunzelt blickte der ihm hinterher. Doch dann beeilte er sich in das Hausinnere zu gelangen, bevor die zufallende Eingangstür wieder ins Schloss fiel. Gleichzeitig erlosch das Flurlicht und rabenschwarze Dunkelheit umhüllte ihn. Er suchte nach dem Lichtschalter und betätigte ihn. Dann lief er die Steintreppe zur ersten Etage hinauf. Das Studio 14 befand sich am Ende des langen Korridors. Die Wohnungstür war lediglich angelehnt.

Welden argwöhnte Schlimmes. Nun ärgerte er sich, weil er den Revolver im Handschuhfach des Wagens liegengelassen hatte. Aber er besaß auch nicht mehr die Zeit um die Waffe zu holen.

Vorsichtig stupste er die Tür auf, glitt geräuscharm in dunkle Diele und presste sich flach an die Wand. Er hielt den Atem an und lauschte. Stille um ihn herum, er hörte nur den eigenen Herzschlag.

„Vivien?", fragte er leise in die Finsternis hinein und dann etwas lauter: „Vivien, bist du da?"

Niemand antwortete ihm. Nur tödliches Schweigen.

Allmählich gewöhnten sich die Augen an die Dunkelheit. Ein schmuckloser Vorraum mit Garderobenhaken und Schuhbord.

Er schaute ins Wohnzimmer, obwohl er kaum was sah. „Vivien?"

Der Raum ein schwarzes Nichts.

Er fand den Lichtschalter. Die plötzliche Helligkeit blendete ihn. Als er wieder sehen konnte, erstarrte er in der Vorwärtsbewegung.

Auf der Couch lag ein fettleibiger Mann. Er war nackt bis auf die Unterhose, die Hände und die Füße hatte jemand mit einer Nylonschnur zusammen gebunden. Damit er nicht schreien konnte, hatte man ihm die eigene Krawatte in den aufgerissenen Mund gestopft.

Langsam trat Welden an die Leiche heran. Die gläsernen Augen taxierten einen unsichtbaren Punkt an der Zimmerdecke. Das kleine Einschussloch oberhalb der Nasenwurzel blutete nur wenig. Lediglich ein dünner Blutfaden lief über die Schläfe hinunter.

Das Opfer wurde eiskalt hingerichtet.

Schwerfällig fiel Welden in den grünen Polstersessel und zündete sich eine Zigarette an. Entmutigt sprach er mit sich selbst: „Verdammte Hundekacke, wieder bist du zu spät dran, Boy!" Dazu musste er sich eingestehen, dass er den Killer wahrscheinlich begegnete, als der das Gebäude verlies.

Verflucht, er hätte nur die Hände ausstrecken müssen und er hätte den Täter geschnappt. Aber was hatte er getan? Er grüßte sogar höflich und wunderte sich kein bisschen über die Eile, die den Bewohner auf die nächtliche Straße trieb.

Grauer Leinenanzug, hatte Kathy Breuer über den Cop gesagt, der sie zuletzt befragte. Der Mann, der aus dem Haus kam, trug einen grauen Leinenanzug.

War er, Steven Boy Welden, blind geworden? Wo war sein berühmter Instinkt? Wo war das legendäre Bauchgefühl? War das alles wie weggeblasen?

Bleierne Resignation machte sich ihn ihm breit. Lange Minuten verharrte er im Sessel. Das Gehirn blockiert, die Muskeln verkrampft.

Als er fertig geraucht hatte, zerdrückte er den Zigarettenstummel im Aschenbecher, steckte aber die gelöschte Kippe in die angebrochene Packung.

Danach zwang er sich aufzustehen und durchsuchte oberflächlich das Appartement. Aber er fand nichts Beachtenswertes. Im Schrank mehrere Frauenkleider, Unterwäsche, Handtücher. Im Bad die üblichen Utensilien.

Und keine Spur von Vivien Hush.

Erneut steckte sich Welden eine Zigarette an und musterte grübelnd den Erschossenen. Was verriet er vor seinem gewaltsamen Tod den Mörder? Wo sich gerade Vivien aufhält?

Würde das Mädchen in dieser Nacht in die Wohnung zurückkehren? Sollte Welden hier noch warten?

Denn vielleicht kam auch der Killer wieder.

Neben der Couch stapelte sich die hingeworfene Kleidung des Ermordeten. Jetzt erst befasste sich Welden damit. In der Sakkoinnentasche steckte eine dicke Brieftasche. Er klappte sie auf. Darin ein Ausweis. Der Mann hieß Emil Lach, war 55 Jahre alt, ein Staubsaugervertreter aus Detroit, verheiratet vier Kinder. Wahrscheinlich handelte es sich um den Geschäftsmann, von dem Kathy erzählte. Der für Vivien das Studio bezahlte und dafür ihre Liebesdienste beanspruchte, wenn er New York bereiste.

Müde rieb sich Welden die schmerzenden Schläfen. Er wusste nicht was er tun sollte.

Schließlich griff er zum Wandtelefon und wählte die Nummer, die ihm Anett McCormick in Mamas Cafe auf den Bierdeckel gekritzelt hatte.

Es dauerte eine Weile bis abgehoben wurde und er ihre schläfrige Stimme vernahm: „Ja, was ist?"

Zögerlich antwortete er: „Erschrecke nicht, Lady. Ich bin es nur, Boy. Entschuldige die späte Störung…".

„Was ist passiert?"

„Ich habe das Liebesnest von Vivien Hush gefunden. Aber sie ist nicht da!"

„Ja, und?"

„Dafür liegt ihr Geliebter mit einer Kugel im Schädel auf dem Diwan".

„Ist das dein Ernst?"

Verdrossen sagte er: „Anett, glaubst du ich wecke dich mitten in der Nacht, um dir Märchen zu erzählen?"

„Denkst du, Vivien hat den Mann erschossen?"

„Das denke ich nicht. Ich vermute eher, es handelt sich um denselben Täter, der Vanessa auf dem Gewissen hat. Er erhielt Viviens Adresse vom gleichen Informanten wie ich. Aber in der Wohnung traf er nicht Vivien an, sondern ihren Liebhaber, den er kurzerhand liquidierte."

„Und jetzt?" fragte Anett McCormick.

„Im Moment habe ich keinen Plan, wie es weitergehen soll. Ich bin total erschöpft. Mein Kopf ist leer. Ich weiß auch nicht, ob Vivien heute Nacht noch zurückkommt, oder ob der Mörder auch nochmal hier auftaucht, in der Hoffnung das Mädchen anzutreffen."

„Das wird er nicht riskieren. Nicht mehr in dieser Nacht. Er muss damit rechnen, dass die Leiche entdeckt wird und die Cops herumschwirren. Ich schicke jetzt einen Kollegen zu dem Apartment und du siehst zu, dass du abhaust. Wie lautet die Adresse?"

Er nannte sie ihr und wunderte sich über ihre kühle Professionalität.

„Gut, ist sonst noch was?", fragte sie.

Er zögerte: „Nein, äh ja, Ich bin hundemüde und ich…"

„Ich verstehe dich nicht?"

„Na ja, ich habe keine Ahnung, wo ich schlafen soll. Mein Hotel und die Detektei werden observiert und zu Mama Rosa kann ich auch nicht…"

„Was willst du mir eigentlich sagen, Mr. Welden?"

„Irgendwo muss ich mich ja ausruhen. Meinetwegen in der Badewanne. Nur ein paar Stunden. Ich dachte, äh, vielleicht, du weißt schon, vielleicht kann ich zu dir? Mir fällst sonst niemand ein, zu dem ich könnte. Nun sag schon, was meinst du?"

Sekundenlanges Schweigen am anderen Ende der Leitung. Er befürchtete bereits die Verbindung wäre unterbrochen, als es ihm wie Schuppen von den Augen fiel. Wie geistesschwach war er eigentlich.

„Du bist nicht allein, Lady? Oder?", fragte er.

Er hörte ihre ironische Antwort: „Was denkst du, Mister Welden? Denkst du, ich weine zur nachtschlafenden Zeit in mein Kopfkissen und träume von dir?"

Ihr Spott verletzte und ärgerte ihn gleichsam. „Vergiss es einfach, es war eine blöde Idee dich zu fragen. Ich hatte keinerlei Hintergedanken. Ich wusste wirklich nicht wo ich nächtigen konnte. Da habe ich an dich gedacht. Wie gesagt, vergiss es. Schlaf einfach weiter, Anett!"

Maßlos enttäuscht wollte er den Hörer auf die Gabel knallen, als ihr lauter Ruf aus der Muschel schallte: „Warte Boy! Leg nicht auf!"

Er behielt den Hörer am Ohr.

Sie wiederholte sich: „Leg nicht auf, bitte!" Und das klang beinahe zärtlich. „Es tut mir leid. Ich meinte das nicht so. Wenn du trotzdem noch kommen willst, dann komm. Ich werde allein sein."

„Bemühe dich nicht. Ich will dir keine Umstände bereiten. Ich finde eine andere Übernachtungsmöglichkeit. Vielen Dank!"

„Jetzt spiele nicht den Beleidigten, Boy. Komm einfach zu mir."

Eine Sekunde zierte er sich noch. Dann sagte er: „Ich bin in dreißig Minuten bei dir!"

„Du bist äußerst dünnhäutig geworden, Mr. Welden. Das musst du dir abgewöhnen", meinte sie amüsiert und dann folgte das Freizeichen.

***

„Also gut, Dean. Ich fahre dich nach Hause", meinte Susanne auf dem *Halloween* Parkplatz zu dem Jungen mit der Baseballmütze. „Aber bilde dir keine Schwachheiten ein. Mit uns zwei läuft nichts. Du bist nicht mein Typ."

Während sie das sagte, blickte sie Steven B. Welden hinterher, welcher den Wagen aus dem Gelände steuerte. Kurz bevor er einstieg hatte sie ihm noch zugewinkt und er hatte ihr freundlich zurückgegrüßt.

Misstrauisch fragte Dean: „Wem winkst du da zu? Wer ist der Arsch? Mit dem bist du doch an der Bar gestanden. Was willst du mit dem alten Knacker?"

„Das geht dich nichts an", erwiderte Susanne schnippisch und öffnete den Verschlag ihres rostanfälligen VW Käfer. „Das ist noch ein richtiger Mann. Nicht so ein Milchbubi wie du!"

Sie kannte den blassen Jungen nur oberflächlich und wusste von ihm nur, dass er Dean hieß. Er tauchte alle paar Wochen im Beatschuppen auf, spendierte gelegentlich einen Trink und verschwand dann wieder für einige Zeit. Sie sah ihn nie zweimal mit dem gleichen Mädchen. Was Susanne auch nicht weiter verwunderte. Er war kein Typ, der bei den Mädchen groß punkten konnte. Dean war jung, vielleicht zwanzig Jahre alt, das bleiche Gesicht voller pubertärer Pickel, unstete schwarze Augen, die keinen Blick standhielten. Er tanzte nicht besonders gut und sein Parfüm roch süß und aufdringlich. Zudem machte er auf Marlon Brando. Schwarze Bikerjacke, fleckiges Unterhemd, Jeans und Westernstiefel und stets die blöde Kappe. So rannte er ständig herum. Irgendwie wirkte er nicht ganz normal. Aber auch nicht gefährlich. Ein harmloser Spinner eben.

Und so hatte Susanne keinerlei Bedenken ihn nach Hause zu kutschieren, als er sie gegen Mitternacht darum bat.

Nachdem Dean im Auto Platz genommen hatte, sagte er zu ihr: „Ich wohne nicht weit. Das ist nur ein Katzensprung. Fahre mich zum Bronx River."

Knatternd sprang der Motor an und Susanne manövrierte aus der Parklücke.

Seine Hand tätschelte ihr Knie.

„Lass das!", verwahrte Susanne sich energisch und bereute bereits ihn mitgenommen zu haben. „Nimm deine Pfote da weg! Oder du kannst auf der Stelle aussteigen!"

„Sei nicht zickig, Su! Du bist heiß wie ein Vulkan."

Seine Stimme klang frühzeitig stark erregt und der säuerliche Mundgeruch wehte zu ihr hinüber. „Fahren wir zum East River um uns dort zu vergnügen!"

„Sag mal, spinnst du?" reagierte Susanne verärgert, und sie war sich der bedrohlichen Situation gar nicht richtig bewusst. Sie glaubte die Lage voll im Griff zu haben. „Ich habe gesagt, ich bringe dich heim. Mehr ist nicht drin. Und jetzt nimm deine Finger von meinem Knie!"

Wütend erwiderte Dean: „Den alten Kerl an der Bar hättest du nicht abgewiesen, oder? Aber mich lässt du nicht an die Wäsche. Was ist los? Habe ich die Pest?"

„Was plapperst du für einen Scheiß! Den Mann habe ich zum ersten Male gesehen. Wir unterhielten uns über harmlose Dinge. Ich wollte nichts von ihm und er nichts von mir."

Nur bedingt gelang es Susanne die plötzlich aufsteigende Furcht zu überspielen. Verflucht, warum hatte sie sich nur überreden lassen, diesen Verrückten in ihrem Auto mitzunehmen.

„Ich habe euch beobachtet", sagte er mit Hass in der Stimme. „Du bist dem Arsch um den Hals geflogen und hast ihn schamlos geküsst. Du bist eine Schlampe. Bestimmt wolltest du mit ihm in die Kiste steigen. Warum zierst du dich also von mir? Ich kann dir viel mehr bieten, als dieser Greis."

Gewalttätig zerrte er an ihren blonden Haaren.

„Aua, du tust mir weh, du Blödian!", schrie Susanne ihn an.

Von irgendwoher zauberte er ein Stilett hervor und setzte es an ihre Kehle.

Vor Schreck kollidierte sie um Haaresbreit mit einem entgegen fahrenden Kleinlastwagen. In letzter Sekunde riss sie das Lenkrad herum und verhinderte einen Frontalzusammenprall.

„Pass doch auf, die dumme Kuh!"

Susanne wollte schreien. Doch ihre Stimmbänder gehorchten nicht mehr.

„Du Schlampe, du tust was ich sage! Du fährst jetzt zum Bronx River und achtest besser auf den Verkehr. Bald werden wir viel Spaß habe. Es liegt nur an dir!"

Susanne biss sich die Unterlippe blutig und starrte wie gebannt auf die dunkle Straße. Sie spürte die kalte Messerklinge auf der Haut und umklammerte das Lenkrad, als würde wäre es ihr letzter Halt.

„Du bist schon in Ordnung, Dean", log sie ihn an und die eigene Stimme klang ihr fremd. „Manchmal habe ich mir schon vorgestellt mit dir zu schlafen. Ich mag dich ja."

Er wurde wütend: „Du Heuchlerin, du hast mich nie beachtet. Ich war Luft für dich und die anderen. Immer habt ihr mich ausgelacht und euch mit anderen Kerlen vergnügt. Nur nicht mit mir. Ich war nur der Loser."

„Das ist nicht wahr, Dean", widersprach Susanne und bog in die Straße zum Bronx River ein. Weiterreden, einfach weiterreden, dachte sie. Lüge ihn an, umschmeichle ihm, versprich ihm alles.

„Ich wünschte mir schon lange eine Nacht mit dir. Davon träumte ich seit langem."

Kaum verständlich sagte Dean: „Ich glaube dir kein Wort. Aber du kannst es mir beweisen, dass du scharf auf mich bist. Halt die Karre an, sofort! Und dann sei ganz zärtlich."

Er hielt ihr weiterhin das Messer an den Hals, während er mit der freien Hand den Hosengürtel aufschnallte.

Susanne ließ sich ihren Ekel nicht anmerken, als sie sich über Deans Schoß beugte. Sie wollte nur überleben.

***

Mit einem leichten Lächeln empfing Anett McCormick den nächtlichen Besucher an ihrer Wohnungstür. Sie sah entzückend aus. Fast wie ein junges Mädchen. Etwas verschlafen, rötliche Wangen, vom Kissen zerzaustes Haar, aber wache Augen.

„Hallo, Lady!", sagte Steven B. Welden und er konnte erahnen, dass sie unter dem mitternachtsblauen Seidenkimono, der von einem lockeren Gürtel zusammen gehalten wurde, nichts trug, außer nackter Haut.

Irgendwie war er befangen und spürte Schmetterlinge im Bauch.

Honigsüß begrüßte sie ihn: „Willkommen zur nächtlichen Stunde, Mister Welden. Ich hoffe du nützt meine frauliche Schwäche nicht aus."

„Ich kann ja wieder gehen", konterte er gereizt.

„Jetzt sei nicht töricht, Boy! Es ist schön, dass du da bist, wenn es auch ein wenig spät ist!"

Er blieb jedoch wie angewurzelt im Eingang stehen.

„Verdammt, Lady! Wieso bringt mich deine Gegenwart so auf die Palme? Ich wollte dich wiedesehen und der Teufel weiß warum. Wir treffen uns nach drei Jahren wieder und ich führe mich auf wie ein Elefant im Porzellanladen. Ich glaube es ist besser ich verschwinde einfach wieder…"

Ganz nah trat Anett an ihn heran. So nah, dass sich ihre Körper fast berührten und eine überspringende Hitzewelle beide zu verbrennen drohte.

Er roch ihr aufregendes Eau de Cologne, sah die rotschimmernden Lippen und versank in den unergründlichen seegrünen Augen.

Heiser flüsterte Anett: „Dann gehe doch! Was hindert dich?"

Und sie drückte sich ganz eng an seine Brust.

Er stand mitten im Feuer und fing zu stottern an: „Ich…ich muss…ich will…!"

„Steven Boy Welden!", raunte sie zärtlich an seinem Ohr. „Wenn du mich nicht augenblicklich umarmst und mich küsst, kannst du hingehen, wo der Pfeffer wächst!"

Da umfasste er ihre Wespentaille und presste sie so stark an sich, dass Anett die Luft weg blieb. Die Hitze rötete ihren Hals und den Brustansatz. Als er sie endlich küsste, senkte sie die Lider.

Mühelos hob er den federleichten Frauenleib hoch und trug ihn über die Schwelle. Mit dem Fuß zog er die Tür hinter beiden zu.

Er legte Anett auf den Diwan, schlüpfte aus der Jacke und dem Hemd, während sie ihn neugierig mit halbgeschlossenen Augen betrachtete.

Dann beugte er sich über sie und löste den Knoten des Kimonogürtels. Das seidige Gewand teilte sich und offenbarte einen wunderbaren Anblick.

Anett reckte die Arme nach Welden und zog ihn zu sich herunter. Willig folgte er ihr, küsste sie anfangs sanft, dann wurden die Küsse heftiger und heißblütiger.

Lustvoll bäumte sich Anett auf, umschlang seine Hüfte mit den Beinen, umklammerte seinen Hals und als sich ihre überhitzen Körper vereinten, stieß Anett einen spitzen Wonneschrei aus und ihre Fingernägel gruben sich tief in sein Schulterblatt.

**

Ein wunderschönes Mädchen steuert das schneeweiße Chevrolet Impala Kabrio durch die sonnenüberflutete grüne Landschaft.

Das lange glänzende Haar wehte golden im luftigen Fahrwind und die ozeanblauen Augen strahlen voller Lebensfreude.

Ein Mann steht am Wegesrand und der Wagen nähert sich mit mäßiger Geschwindigkeit. Helles Sonnenlicht reflektiert auf der Windschutzscheibe und verhinderte die Sicht auf die Fahrerin.

Dennoch weiß der Mann am Straßenrand wer die schöne Lenkerin ist.

Das Kabrio ist nur noch fünfzig Meter von ihm entfernt. Kommt näher und näher…

„Grazia, Darling!" ruft er freudig erwartungsvoll und läuft dem Fahrzeug entgegen.

Da geschieht das Unvorstellbare.

Direkt vor seinen Augen explodiert der Wagen. Ein gigantischer schwarzer Feuerpilz schießt in den wolkenlosen Himmel und es regnet glühende Metallteile.

Mit einem Paukenschlag ist die fürchterliche Vergangenheit wieder da. Gestern wird zu Heute.

Er schreit einen einzigen Namen: „Grazia!!!"

Und er sprintet los. Diesmal muss er das Mädchen retten. Er bekommt eine zweite Chance geschenkt und muss sie nützen.

„Grazia, halte aus! Ich komme!"

Die Verunglückte ist bewegungslos zwischen Lenkrad und Sitzlehne gefangen. Gierig lecken lodernde Flammen nach ihr. Das weiße Sommerkleid brennt lichterloh. Die blonde Haartracht zerfällt in Asche und der Körper verkohlt inmitten der Feuerhölle.

Der Mann rennt so schnell er kann. Er rennt sich die Seele aus dem Leib und weiß doch glasklar, dass er wieder zu spät kommen wird. Der Atem keucht, die Lungen scheinen zu platzen. Schneller und schneller trommeln die Fußsohlen auf dem heißen Asphalt. Doch je mehr er sich anstrengt, je mehr er die müden Beine beschleunigen will, desto schonungsloser offenbart es sich, dass er nicht vorwärts kommt, dass er auf der Stelle spurtet.

Der Abstand zu dem brennenden Fahrzeug ist nicht um einen einzigen Millimeter geringer geworden.

Abermals wird er kläglich versagen. Wieder gelingt es ihm nicht Grazia dem Flammeninferno zu entreißen. Erneut muss er tatenlos zusehen, wie sich verrußte Hände nach Hilfe austrecken, wie ein Schrei im Funkenrauch erstickt und wie ein geliebter Mensch stirbt.

Noch einmal kämpft er, holt die letzten Energiereserven aus sich heraus und forciert seine Schritte. Er gibt alles was er hat. Aber kommt vom Platz nicht weg. Der Verstand begreift das Paradoxe nicht, will es einfach nicht wahrhaben. Doch die Kräfte weichen und die Füße werden schwer wie Blei, bis sie letztlich erlahmen.

Schwindlig vor Atemnot, total erschöpft, mit rasenden Pulsschlag und wütenden Seitenstechen bleibt er stehen.

Keine zwanzig Meter vor ihm auf der unendlichen Straße ein hitzeversengter Teerfleck, ein glimmendes, eingeschmolzener Häuflein Blech und darin die Asche eines verkohlen Frauenkörpers.

Kleine, dünne Rauchkringel steigen aus der Glut.

Er fällt auf die Knie und weint.

Und der Himmel ist genauso wolkenlos und azurblau wie vor fünf Sekunden.

***

„Boy, Boy Welden, wach auf! Du träumst!"

Eine energische Stimme riss ihn aus dem entsetzlichen Albtraum und eine Hand rüttelte ihn derb an der Schulter.

Verstört starrte er in die besorgten Augen von Anett McCormick. Er benötigte einige Sekunden, bis ihm bewusst wurde, wo er sich befand. Sein Körper badete in Schweiß und das Bettlaken unter ihm war patsch nass.

„Du hast nur geträumt, es ist alles gut", sagte Anett ruhig und strich ihm die feuchten Haare aus der Stirn. „Du hast im Traum laut nach Grazia gerufen. Du konntest sie nicht retten. Selbst im Traum gelingt es dir nicht. Sie lebt ihn dir, obwohl sie seit drei Jahren tot ist, nicht wahr?"

Das warme Morgenlicht wärmte das Schlafzimmer.

Aber er fror.

Neben ihm saß Anett auf der Bettkante, halbnackt, nur mit roten Büstenhalter und Höschen bekleidet. Sie war bereits geduscht und die frischgewaschenen Haare dufteten nach Lotosblüten und die zarte Haut roch nach Lavendel.

Er blickte an ihr vorbei und sagte spröde: „Ich weiß, das Grazia tot ist und ich habe das akzeptiert. Manchmal vergesse ich sogar ihr Gesicht, vergesse, dass sie jemals existierte. Doch dann jagen mich in den langen Nächten die Dämonen der Vergangenheit und wecken meine Erinnerungen. Ich hätte Grazia retten müssen. Jesus, Anett! Ich stand neben ihr am brennenden Auto und konnte sie nicht aus diesem gottverdammten Fahrzeug rausbekommen."

Tröstend legte Anett die Hand auf seine bebende Brust. „Boy, ich weiß, du hast alles Menschenmögliche versucht. Du hast dein eigenes Leben riskiert, um Grazia zu retten. Beinahe wärst du selbst gestorben. Niemand kann dir eine Schuld zuschieben. Keine Kraft der Erde konnte ihr helfen. Es ist geschehen, was geschehen ist. Du musst das akzeptieren und Frieden mit dir schließen!"

„Das ist einfacher gesagt, wie getan. Die Scheißträume lassen mich nicht aus! Ich laufe wie von Furien gehetzt zu dem Feuerherd und komme doch keinen einzigen Meter voran. Ich renne aus Leibeskräften und erreiche einfach nicht mein Ziel. Grazia stirbt vor meinen Augen und ich bin machtlos. Was bin ich nur für ein Versager!"

Zärtlich berührte ihr warmer Mund den seinen.

„Du bist kein Versager, Boy. Grazia muss eine tolle Frau gewesen sein. Erzähl mir von ihr. Wie habt ihr euch kennengelernt?"

Unvermittelt verschloss sich Welden wie eine Auster. Seine Stimme klang verändert: „Was soll ich groß erzählen. Das macht sie auch nicht mehr lebendig."

„Wenn du nicht willst, musst du auch nicht reden. Ich würde dir gern helfen, weiß aber nicht wie. Du hast Grazia über alles geliebt und du tust es heute noch. Trotzdem musst du dich von ihr lösen, sonst zerstört es dein Leben."

„Lass uns von etwas anderem reden", wich er ihr aus.

Liebevoll streichelte Anett sein stoppelbärtiges Gesicht und sagte: „Du solltest dich duschen und rasieren. Dann fühlst du dich besser. Es ist ein neuer Tag."

Er antwortete mit einem kläglichen Lächeln.

Humorvoll imitierte sie sein Mienenspiel, verdrehte ihre Augen traurig nach oben und auf einmal musste er lächeln. Allmählich verschwand die Betrübnis ihn ihm und sein Herz wurde leichter.

Unvermittelt setzte sie sich auf ihn und von ihrem feuchten Haar tropfte das Wasser auf ihn hernieder.

„Einfach nichts denken, lass es geschehen", flüsterte sie und küsste ihn. Ihr Becken begann sich rhythmisch im Kreis zu drehen. Dabei öffnete sie den Büstenhalter und er legte die Hände um ihre Hüften.

Diesmal liebten sie sich intensiver als in der Nacht.

Danach blieb Anett ermattet über ihm liegen und ihr heißer Atem streifte seine Wange.

Irgendwann fragte er: „Das mit uns, kann das was werden?"

Gedankenvoll blickte sie ihm in die Augen: „Woher soll ich das wissen? Wir haben jetzt zweimal mit einander geschlafen. Das hat, glaube ich, ganz gut geklappt!"

„Ganz gut geklappt?"

Nun musste Anett lächeln. „Also gut, ich gestehe. Es war wunderbar. Aber bilde dir nur nichts ein. Vielleicht sollten wir es noch öfters ausprobieren. Aber es könnte Komplikationen geben. Ich werde nicht die zweite Geige spielen. Im Vergleich mit einer Toten kann ich nur die Verliererin sein."

„Lass mir einfach ein wenig Zeit. Ich bin gerne mit dir zusammen!"

Schnell küsste sie ihn.

„Wir wollen nichts überstürzen. Gehen wir es langsam an. Keine Versprechungen und keine Lügen! Wenn wir feststellen müssen, dass wir nicht zusammenpassen, dann trennen wir uns einfach. Denn eines ist klar, ich werde nicht mit einer Verstorbenen konkurrieren. Solltest du nur einmal ein Gleichnis erwägen, dann bin ich weg!"

Bevor er etwas dazu sagen konnte, befreite sie sich sanft aus seiner Umarmung, sprang aus dem Bett, angelte sich Oberteil und Höschen und winkte ihm liebevoll zu: „Ich gehe jetzt nochmal unter die Dusche und dann fahre ich ins Polizeirevier. Möglicherweise gibt es Neuigkeiten. In der Küche findest du eine Thermoflasche mit frischen Kaffee und im Kühlschrank belegte Brötchen. Fühle dich wie zuhause. See you later, Alligator!"

Welden wälzte sich auf die Seite und schlief augenblicklich ein.

Er wachte auch nicht auf, als ihn Anett McCormick zum Abschied auf die Wange küsste und leise die Wohnung verließ.

****

Schweigend schlürfte Dean den Tee aus der Tasse.

Seine Halbschwester Cindy hockte ihm am Esstisch gegenüber und löffelte das Roggenmüsle.

Sie war nackt bis auf das rosa Seidenhöschen. Es machte ihr sichtlich Spaß den Bruder mit ihrer Frivolität zu provozieren. Neugierig beobachtete sie ihn.

„Du bist spät heim gekommen, Brüderchen und deine Klamotten waren klatschnass. Bist du ins Wasser gefallen, du alter Spanner?"

„Lass mich in Ruhe", erwiderte er bockig.

„Hast du wieder heimlich den Liebespärchen zugeschaut?"

„Lass mich einfach zufrieden!"

„Du grämst dich wegen deinem winzigen Pimmel?" Cindy kicherte hinter vorgehaltener Hand. „Nimm es nicht tragisch, Bruderherz. Du hast ja mich. Du darfst mir ja weiterhin beim aus-und anziehen oder beim Duschen zugucken. Und wenn du ganz artig bist, darfst du auch mal meine Möpse betatschen. Das möchtest du doch gerne, oder?"

Explosivartig driftete Dean aus dem Stuhl, dass dieser hinter ihm umstürzte. Der lang aufgestaute Hass brach wie ein Unwetter über die überraschte Cindy ein.

„Warum redest du so vulgär? Was weißt du schon von mir? Warum tust du mir das an? Du bist nicht meine Schwester! Du bist eine Hure, eine billige, bösartige Schlampe! Du läufst vor mir herum wie eine läufige Hündin! Du bist ohne Scham und ohne Ehre!"

Furchteinflößend fuchtelte er mit dem Brotmesser vor ihrer Nase herum. „Bedecke endlich deine Titten, zieh dir ein Shirt über. Gail, gottverflucht, ich…ich…!"

So zornig hatte Cindy den Bruder noch nie erlebt.

„Wieso regst du dich plötzlich dermaßen auf?" Sie schützte die blanken Brüste mit beiden Händen. „Ich dachte immer, du hättest Spaß daran mich halbnackt zu sehen. Was hast du auf einmal dagegen?"

„Was ich dagegen habe?"

Außer sich vor Rage heftete er die Messerklinge an ihre bleiche Wange. „Mein Gott, du bist meine Schwester! Aber du bist nicht anders wie die anderen geilen Huren! Du verspottest mich, du lachst mich aus, du machst mich zum Narren. Das ertrag ich nicht mehr! Jetzt ist Schluss! Hörst du, Cindy? Nun lasse ich mir nichts mehr gefallen. Auch wenn in unseren Adern das gleiche Blut fließt. Du wirst mich nicht mehr verarschen. Nie wieder!"

Mucksmäuschenstill verharrte Cindy auf dem Stuhl. Sie wagte nicht mehr zu atmen.

Sie spürte wie die kalte Stahlklinge von ihrer Wange über den Hals hinunter zu den Brüsten glitt.

Sie fing leise zu beten an.

Er schob ihre Hände beiseite, und sie musste den Busen freigeben. Schweratmend keuchte er: „Du wirst nicht mehr über meinen Penis lachen, Cindy."

Das Messer rutschte über den Mädchenleib, über den leicht gewölbten Bauch, weiter tiefer zu dem rosa Slip.

Ihr Gebet wurde zum Hilfeschrei.

Weich und sehnsuchtsvoll stöhnte Dean: „Ich liebe dich, Gail! Meine große und einzige Liebe. Nur mit dir will ich ewig vereint sein."

Und brutal zerschnitt er den hauchdünnen Schlüpfer.

***

„McCormick, wer ist ihr Informant?"

Ungehalten inspizierte Lieutenant Phil Steel die vor ihm stehende schwarzhaarige Frau. Sie befanden sich in dessen Büro im 14. Polizeirevier.

„Spucken Sie es schon aus! Von wem erhielten Sie den Hinweis über den Toten in der East 211 Street?"

Reserviert antwortete Anett McCormick: „Der Anruf war anonym. Daraufhin verständigte ich sofort den Diensthabenden Beamten."

Mürrisch schritt Steel auf und ab.

Anett begutachtete das ausgebleichte Muster der Wandtapete.

Abseits im Eck hockte Sergeant Sam Brooker, paffte eine Zigarre und demonstrierte Gleichgültigkeit.

Steel knurrte: „Ein Unbekannter, der sie privat anruft und nicht die Polizeiwache informiert. Das klingt sehr unglaubwürdig, McCormick! Na schön, im Gegensatz zu ihnen ermittelte Sergeant Brooker etwas erfolgreicher. Bei dem Ermordeten handelt es sich um einen Vertreter aus Detroit und der hieß Emil Lach. Er bezahlte für Vanessa Hush die Monatsmiete für das Apartment. Desweiteren erfuhren wir, dass Steven B. Welden gestern Abend das Tanzlokal *Halloween* besuchte. Er belästigte die Tänzerin Katharina Breuer auf offener Bühne und nötigte sie zur Herausgabe der Adresse von Vivien Hush. Zudem wurde Welden noch mit einem anderen Mädchen gesehen. Susanne Ryder, ein hübscher Teenager, gerade mal siebzehn Jahre jung. Ein Jogger fand die Leiche heute frühmorgens in ihrem Auto am Ufer des Bronxs Rivers. Der Polizeiarzt zählte dreißig Einstiche."

„Sie verdächtigen doch nicht Boy! Wie viele Morde wollen sie ihm noch anhängen?", erboste sich Anett.

Abrupt beendete Steel die Wanderung und setzte sich hinter seinen Schreibtisch. Übelgelaunt sagte er: „Ein Rausschmeißer und ein Barkeeper, sowie die Tänzerin Katharina, dazu verschiedene Gäste, sie alle bezeugen, dass Welden mit Susanne an der Bar ein Glas getrunken hatte und auch mit ihr tanzte. Gegen Mitternacht haute Welden ab. Wir vermuten, er fuhr in die East 211 Street. Aber er traf in dem Apartment nicht Vivien Hush an, sondern deren Gönner Emil Lach. Den er kaltblütig tötete. Anschließend…"

„Bei allem Respekt, Lieutenant!", fiel im Anett McCormick ins Wort. „Das sind doch nur fadenscheinige Spekulationen!"

Ungefragt und mit harscher Stimme mischte sich Sergeant Brooker ein, der bis dahin zu allem geschwiegen hatte.

„Welden ist unser Killer. Nachdem er Emil Lach umbrachte, fuhr er zurück ins *Halloween,* schnappte sich die kleine Susanne und kutschierte sie in ihrem Auto zum Bronx River und metzelte sie nieder!"

Fahrig rauchte Steel eine Zigarette und sagte auch zweifelnd: „Das ist doch unwahrscheinlich! Welden ein blutrünstiger Serienmörder? Er ist drei Jahre verschollen. Jetzt kommt er nach New York und tötet wahllos Frauen und Mädchen? Wieso?"

Schroff erwiderte Brooker: „Das interessiert mich einen Dreck. Ich bin Polizist und kein Seelenklempner. Mich interessieren nur Fakten. Und Fakt ist, Welden war in Vanessa Hush Wohnung. Wir haben seine Fingerabdrücke, den Flugschein, die Armbanduhr. Im Hotel fanden wir die blutbefleckte

Kleidung. Die Analyse ergab zweifelsfrei, es ist das Blut der Toten. Verdammt, Lieutenant, wie viele Beweise brauchen wir noch? Welden hat im Wahn Vanessa grausam erstochen und in der Badewanne entsorgt!"

„Was hast du nur für eine schmutzige Phantasie, Brooker", ereiferte sich Anett. „Du reimst dir was zusammmen, was nicht zusammenpasst."

„Ach ja? Deine große Sympathie zu Welden ist bestens bekannt. Daher bist du nicht objektiv!"

„Niemand weiß was in der Wohnung geschah. Ich will nicht bestreiten, dass Welden bei Vanessa war. Doch da spielte sich etwas anderes ab…"

„Da bin ich ja gespannt", spottete Brooker.

„Welden besuchte Vanessa, um sie zum Tod ihrer Tochter zu befragen."

„Warum sollte er das tun?"

„Vor Wochen, als Vanessa ihre Tochter vermisste, rief sie in der *Welden&Born Detektei* an. Sie glaubte, dass ihr Welden helfen konnte. Aber Welden war mit unbekanntem Ziel untergetaucht. Aber Born hatte weder Zeit noch Lust den Auftrag zu übernehmen. Dennoch notierte er Vanessas Namen und ihre Adresse. Als Welden dann völlig überraschend Born im Büro aufsuchte und diesem erklärte, er wollte wieder als Detektiv arbeiten, gab ihm Born die Adresse von Vanessa Hush."

„Respekt, woher hast du deine Weisheit? Hat dir Welden dieses Märchen aufgetischt? Was läuft da zwischen dir und diesem Bastard?", fragte Brooker argwöhnisch.

Anett McCormick ignorierte den Einwand und sagte: „Am Abend klingelte Welden bei Vanessa. Sie war traurig und er tröstete sie…"

„Indem er sie vögelte…"

„Zugegeben, es kam zum Geschlechtsakt", musste sie eingestehen. „als beide eingeschlafen waren, muss der Mörder in der Wohnung eingedrungen sein. Er schlug Welden bewusstlos und tötete Vanessa. Hinterher legte er falsche Spuren, die Welden belasten sollten."

„Das wird ja immer toller. Nun kommt der große Unbekannte ins Spiel. Zu deiner Information, Anett, es gibt keinerlei Einbruchsspuren, nichts, aber auch gar nichts, deutet auf einen fremden Dritten hin, der sich in der Wohnung aufgehalten hätte. Sag mir nur eins, wieso verteidigst du Welden so stark? Du hast dich mit ihm getroffen, nicht wahr? Hast du mit ihm gepennt?"

Misstrauisch beäugte Brooker die stolze Frau.

„Ich verstehe nicht, was du meinst", konterte sie.

Energisch übernahm Phill Steel wieder die Initiative.

„Vorsichtig, Detektive McCormick! Sie bewegen sich auf dünnem Eis. Wenn Sie Welden schützen, machen Sie sich mitschuldig. Erst recht, wenn Sie wissen, wo sich der Verdächtige aufhält und uns das nicht mitteilen. Vergessen Sie nicht, Sie sind ein Cop auf Probe. Ich kann Sie jederzeit suspendieren und vor eine Kommission bringen!"

Kühl antwortete sie: „Zu ihrer Kenntnisnahme, Lieutenant. Die Geschworenen verurteilten mich zu fünf Jahren Gefängnis. Davon verbüßte ich zweieinhalb Jahre. Der Rest wurde mir zur Bewährung erlassen. Ihr Captain Hoogan holte mich und gab mir die Chance zur Rehabilitierung. Ich mag meinen Job, aber ich sterbe auch nicht, wenn ich ihn verliere."

„Ich kann Sie zurück in den Knast schicken, McCormick!"

Verstimmt zerdrückte Steel den Zigarettenstummel im Ascher. „Es war Welden der Sie in der Nacht von Emil Lachs Ableben unterrichtete, nicht wahr? Er telefonierte mit Ihnen!"

„Ich werde mich dazu nicht äußern!"

„Ich begreife Sie nicht. Sind Sie wirklich so blauäugig? Es gibt keinen anderen unbekannten Täter! Welden ist ein Killer und ein Pschyopath. Er wird weiter morden. Er ist eine tickende Zeitbombe. Wo finden wir ihn? Es ist als Cop, ihre gottverdammte Pflicht ihn uns auszuliefern!"

„Tut mir leid, Lieutenant. Ich habe keine Ahnung, wo sich Welden aufhält."

„Du lügst doch, verflucht noch mal!", schaltete sich Brooker ungefragt ein.

Gelassen zog Anett McCormick die Dienstmarke und den Revolver aus der Jacke und legte beides auf den Tisch. „Ich kündige fristlos!"

Nun verlor Steel endgültig die zur Schau gestellte Souveränität. Er fauchte mit hochrotem Kopf: „Sind Sie von allen guten Geistern verlassen? Sie können nicht kündigen! Das akzeptiere ich nicht!"

Doch Anett McCormick verließ kommentarlos das Büro.

„Hoch mit Ihnen, Brooker!" herrschte Steel den Sergeanten an, der keinerlei Anstalten zeigte, sich aus dem Stuhl zu erheben. „Haften Sie sich gefälligst auf ihre Fersen! Sie wird uns sicher zu Welden führen. Wir müssen ihn finden, bevor er Vivien Hush auch noch killt. Gnade uns Gott, wenn uns das nicht gelingt!"

„Ich schnappe den Hundesohn!", versprach Brooker knirschte mit den Backenzähnen. „Es ist nur eine Frage der Zeit!"

„Wir haben keine Zeit mehr! Der Uhr zeigt bereits auf fünf Minuten nach zwölf!"

***

Erst gegen Mittag kroch Steven Boy Welden aus den Bettfedern. Er duschte eiskalt und die Kälte trieb die Müdigkeit aus seinen Knochen.

Gerade wollte er den Kaffee in die Tasse gießen, da klingelte das Telefon. Er war sich nicht sicher, ob er abheben sollte. Aber das Läuten blieb beharrlich. Vielleicht war es Anett. Er stellte die Thermoflasche ab und nahm den Hörer.

Eine männliche Stimme meldete sich: „Hey, Sugarbaby! Warum rufst du mich nicht an? Erinnerst du dich nicht mehr an mich? Ich bin Frankie, dein Mäusebär! Baby, ich kann die tolle Nacht mit dir nicht vergessen und muss dich unbedingt wiedersehen! Wie wäre es heute Abend? Dasselbe Hotel, die gleiche Suite, okay?"

Welden antwortete nicht.

Der Anrufer stutzte einen Augenblick und fragte nach:"Sugarbaby, bist du dran? Warum sagst du nichts? Verdammt, wer ist da am Apparat?"

Kommentarlos legte Welden den Hörer auf.

Mäusebär? Verflucht, wer war Frankie Mäusebär? Anettes Liebhaber?

Erneut schrillte das Telefon in seine Gedanken hinein und er hob ab.

Übergangslos sagte Anett McCormick: „Ich habe meinen Dienst quittiert! Sie werfen mir Mitwisserschaft in deinen Fällen vor und beschuldigen mich dich zu decken. Und dir hängen sie noch zwei Morde an."

„Noch zwei Morde? Wieso?"

„Erstens hast du Emil Lach gekillt und zweitens…"

„…und zweitens?", fragte er unlustig und beinahe desinteressiert.

„Zweitens reiht sich eine weitere Leiche hinzu. Eine blonde Siebzehnjährige wurde heute Morgen am Bronx River tot aufgefunden. Erstochen! Sie hieß Susanne Ryder. Kanntest du das Mädchen?"

„Susanne Ryder?" wiederholte Welden frustriert. Er schloss die Augen und sah die hübsche Göre am Auto stehen, wie sie ihm fröhlich zuwinkte. An ihrer Seite der bleiche Jüngling mit der Baseballmütze.

Besorgt fragte Anett: „Boy, was ist los mit dir? Bist du noch da?"

Er reagierte nicht.

„Boy, sprich mit mir!"

Bedrückt erwiderte er: „Ich habe Susanne gestern abends im *Halloween* kennengelernt. Ein nettes, unbekümmertes Kind. Ich tanzte sogar mit ihr und spendierte ihr eine Cola. Später, als ich wegfuhr, erblickte ich sie noch auf dem Parkplatz. Sie unterhielt sich dort mit einem pickelgesichtigen Halbstarken, der auf Marlon Brando machte."

„Ihr Mörder? Du kannst ihn identifizieren?"

„Nicht mit absoluter Sicherheit. Die Entfernung war ziemlich groß und die Beleuchtung ungenügend. Möglich, dass ich ihn wiedererkenne. Aber es ist auch nicht bewiesen, dass der Junge der Mörder ist."

„Wie auch immer, Mr. Welden! Deine Situation wird immer prekärer! Pass also auf dich auf! Bestimmt lässt mich Steel beschatten und observiert auch meine Wohnung. Er spekuliert darauf, dass ich ihn auf deine Fährte locke."

„He, Lady", sagte Welden und wollte es eigentlich nicht. Aber er konnte sich nicht zurückhalten. „Ich soll dir eine Nachricht übermitteln…"

„Ja?"

„Dein Lover Frankie Mäusebär erwartet dich sehnsüchtig heute Abend im gleichen Hotel und derselben Suite wie das letzte Mal. Er kann die tolle Nacht mit dir nicht vergessen. Ich wünsch dir also viel Vergnügen mit dem Mäusebär!"

„Boy, du hirnverbrannter Idiot! Ich kann dir das erklären…!"

„Nicht nötig!", sagte er und lege den Hörer auf. Er fühlte sich beschissen. Mann, was war er für ein Narr. Er zerstörte mutwillig eine Beziehung, noch bevor sie sich richtig entwickeln konnte. Vielleicht war die Affäre mit Frankie schon längst beendigt.

Und außerdem, schlief Welden vor zwei Nächten nicht selbst mit einer anderen Frau? Wieso urteilte er mit unterschiedlichen Maßstäben und spielte jetzt den Betrogenen?

Er schielte zum Telefon und hoffte, dass Anett nochmals anrief und er sich entschuldigen konnte. Doch es klingelte nicht.

Er steckte sich eine Zigarette an und dachte an Susanne Ryder.

Verflucht, warum war er nicht zu ihr gegangen. Er hätte sie beschützen müssen.

War dieser Marlon Brando Verschnitt ihr Mörder? War er der irre Serienkiller, der minderjährige Mädchen abschlachtete? Und warum gab er seine Identität auf? Wieso wurde er so leichtsinnig und schleppte sein Opfer von einem belebten Parkplatz ab. Er musste doch damit rechnen, dass es viele Zeugen gab, die ihn bei Susanne einsteigen sahen. War die Mordlust bereits so stark und er konnte sie nicht mehr kontrollieren?

Eine Tatsache wurde Welden aber schlagartig klar. Es bestand keine Verbindung zwischen den ermordeten Teenager und der getöteten Vanessa Hush.

Es gab zwei Mörder.

Und Welden war beiden begegnet. Der Pickelnarbige an Susannes Seite war der eine, der andere war der Mann im grauen Anzug, der aus dem Haus kam, in dem Emil Lach liquidiert wurde.

Hastig wählte Welden eine Rufnummer.

„Pizzeria Carleone?"

„Ciao, Mama Rosa, ist Jeck bei dir?"

„Si, Si, amico! Un momento!"

Er hörte wie sie nach Jeck rief. Kurz darauf meldete sich der: „Alter, wo treibst du dich herum? Ich mach mir Sorgen um dich. Wo bist du?"

„Ich bin bei einer gemeinsamen Freundin."

Welden lieferte einen knappen Bericht der nächtlichen Ereignisse. Nur das intime Intermezzo mit Anett verschwieg er. Zum Abschluss sagte er: „Du musst diesen Typen finden. Er ist ein auffälliger Junge, mittelgroß, fast dürre Statur, Pickel im Gesicht. Beginne am besten im *Halloween*, mache weiter mit den anderen Beatschuppen, die in der Nähe eines Flusses liegen. Irgendwer wird ihn kennen. Schnapp ihn dir. Denke daran, die Schlinge um meinen Hals zieht sich immer enger zu."

„Okay, mein Freund. Ich tue was ich kann!"

„Gut, und ich kümmere mich um Vanessas Mörder!"

Nach dem Gespräch rauchte Welden die Zigarette zu Ende, trank einen Schluck vom lauwarmen Kaffee, aß einen Bissen von dem belegten Brötchen, griff nach der Lederjacke und verließ die Wohnung.

Auf der Straße suchte er den Wagen, den er in der Nacht irgendwo geparkt hatte. Minuten später fädelte er das Plymouth in den fließenden Verkehr ein und fuhr nach Queens. Immer öfters prüfte er im Rückspiegel die hinter ihm fahrenden Autos. Noch konnte er keine Verfolger ausmachen.

In der 39. Straße stellte er das Fahrzeug ab und spazierte zur 42. Greenpoint Avenue. Hin und wieder verharrte er vor den Schaufenstern, tat als interessierte ihn die Auslage, musterte aber im Spiegelglas die Passanten. Anscheinend wurde er nicht beschattet. Aber sicher konnte er sich auch nicht sein.

Er stand auf dem Bürgersteig inmitten des Menschengewühls und auf der gegenüberliegen Straßenseite erhob sich das 55 stöckige Wohngebäude, auf dessen 30. Etage sich vor zwei Nächten eine barbarische Tragödie ereignete.

Ein mulmiges Gefühl beschlich Welden.

Der Häuserkomplex ragte in den bewölkten Himmel. Ein Betonbau, kaserniert und anonym, in dem die meisten Bewohner ihren Nachbarn nicht kannten. Wo Mieter ein und auszogen und meistens keinerlei menschliche Kontakte pflegten.

Eine geschlagene Stunde sondierte Welden das Wohnhaus. Es war nichts Auffälliges zu erkennen. Weit und breit keine Polizeipatrouille. Nur ein Pulk von strömenden Passanten. Allerding könnte das Gebäude auch von Zivilbeamten kontrolliert werden.

Aber Welden war das egal. Er mischte sich in die Menschenmenge und überquerte mit ihr bei Grün die stark frequentierte Fahrbahn. Zielstrebig ging er durch die Doppeltür des Hauseinganges und steuerte den Lift an.

Im Parterre drängelte sich eine lärmende Kinderhorde an ihm vorbei.

Der Aufzug brachte Welden in das 30. Stockwerk.

Über den ausgefransten Teppichläufer lief er zu Vanessas Wohnung. An der Eingangstür klebten polizeiliche Siegel. Er zündete sich eine Zigarette an. Es war unmöglich in die Zimmer zu gelangen, ohne die Banderolen zu beschädigen.

Ohne recht zu überlegen läutete er an dem Apartment nebenan.

Ein verärgerter Mann öffnete ihm. Ein Kerl wie ein Bär, muskelgeschwellte Brust, grobschlächtiges Gesicht, Bürstenhaarschnitt. Er trug ein ärmelloses T-Shirt und eine ausgeleierte Jogginghose. Der mächtige Körper füllte beinahe den Türstock aus.

„Was willste, Mann?" knurrte er.

„Ach, du Scheiße!", entfuhr es Welden. Er kannte den Hünen. Er war der Aufpasser vom *Halloween*.

„He, Mann, dich kenn ich doch!" grunzte der Koloss und legte die Stirn in Falten.

Aus dem Hintergrund meldete sich eine ungeduldige Mädchenstimme: „Mit wem redest du, Jerry? Wenn es die Bullen sind, sag kein Wort!"

„Nö, das ist kein Cop! Das ist irgendein Arschloch, das ich schon irgendwo getroffen habe. Ich weiß nur nicht genau wo. Aber das fällt mir schon noch ein. Bleibe im Bett, mein Kätzchen!"

„Was will der Kerl?"

Tapsende Schritte näherten sich.

„Keine Ahnung, Baby, er hat es mir noch nicht gesagt."

Jerry machte etwas Platz und legte dem herantretenden Mädchen beschützend den Arm um die Schulter. „Wenn du willst, schmeiße ich das ausgehungerte Bürschchen die Treppe hinunter!"

Aber Welden beachtete den Stiernackigen gar nicht mehr. Er sah nur noch das Mädchen an. Lange, schmale Beine, violettes Baby-Doll Nachthemd, kleiner Busen, etwas zu magere Figur. Und dann das bleiche Gesicht, nicht schön, aber auch nicht hässlich. Große traurige, nachtblaue Augen, knallrot geschminkte Lippen, kastanienbraunes, struppiges Haar.

Entgeistert entfuhr es Welden: „Vanessa!?"

Die Zigarette fiel ihm aus dem Mund und es war, als treffe ihn ein Blitz aus heiterem Himmel. Eine Totgeklaubte war auferstanden und er verstand die Welt nicht mehr.

***

Nach Weldens Anruf setzte sich Jeck Born in seinen silberlackierten Porsche 356 Carrera und fuhr in die East 160the vor das Tanzlokal **Halloween**.
An diesem frühen Nachmittag parkten nur wenige Fahrzeuge auf dem Gelände. Ein Schild am Eingang besagte, dass erst am Abend um 20 Uhr Einlass gewährt wurde.
Hier gab es keine Antworten auf seine Fragen.
Unschlüssig blickte er sich um.
Etwa hundert Meter weiter reihte sich auf dem Gehsteig eine Vielzahl von schweren Motorrädern vor einem dreistöckigen Häuserblock.
Langsam, die Hände in den Hosentaschen vergraben, schlenderte Jeck Born dorthin.
Die Zweiräder waren vor einer Kneipe abgestellt.
The Devil Home entschlüsselte er die vom Rost zerfressenden Metallbuchstaben über der Pforte. Die Außenfassade wirkte nicht sehr einladend. Abbröckelnder Verputz, Staub und Ruß verschmierte Fensterscheiben, oxidierende Stahltür.
Mit einem unbehaglichen Grummeln im Bauch betrat Jeck Born die Kaschemme.
Reges Stimmengeschwirr, beißender Zigarettenqualm, Alkoholdünste schlugen ihm entgegen. Der dunkle Gastraum war in gedämpftes Rotlicht eingetaucht.
Geräuschvoll knallte die Eisentür hinter ihm ins Schloss.
Schlagartig verstummten die Gespräche und sämtliche Augenpaare richteten sich auf den neuen Besucher.
Die beiden menschlichen Fleischberge am Billardtisch unterbrachen ihr Spiel und legten die Queues aus den Händen.
Hinter dem Tresen vergaß der glatzköpfige Wirt den Zapfhahn abzustellen und der Glaskrug schäumte über und das Bier ergoss sich über die verschmierte Theke.
Auch der langmähnige Rocker im Lederkombi, der an der Musikbox lehnte, zögerte einige Sekunden, bevor eine Geldmünze in den Schlitz einwarf.
Der Plattenteller begann zu rotieren.
Nachdem der Neuankömmling neugierig taxiert wurde setzten die düsteren, zwielichten Gäste die Unterhaltung wieder fort.
Aus der Judbox plärrte The Who ihr *My Generation*.
Mit seiner eleganten Garderobe, weiße Leinenhose, marineblauer Blazer, Rotweiß gestreifte Krawatte, kam sich Born reichlich deplatziert vor. Aber es gab kein Zurück mehr.
Das war eine heruntergekommene Spelunke und die anwesenden Männer verströmten eine brutale Gewalttätigkeit.

Die zwei Fettkolosse führten die abgebrochene Billardpartie wieder weiter. Jeck Born trat an die Bar und bestellte einen Whisky.

Der Wirt wischte mit einem zerfledderten Lederlumpen die Bierlache vom Schanktisch. Ohne die erkaltete Zigarre aus dem wulstigen Mundwinkeln zu nehmen, nuschelte er: „Hast du dich nicht verlaufen, du feiner Pinkel? Was macht ein Gentlemen wie du in meiner liebenswerten Kneipe?"

Er schüttete Whisky aus einer nicht etikettierten Flasche in ein fettklebriges Wasserglas und schubste es Born hin.

„Ich suche einen Freund", sagte Jeck Born freundlich.

„Du hast einen Freund? Und den suchst du ausgerechnet bei mir?" Der Glatzkopf tat überrascht. „Wie heißt denn dein Kumpel?"

Born zuckte mit der Schulter. „Den Namen habe ich vergessen. Ich habe wohl gestern zu viel gesoffen. Aber ich erinnere mich noch, dass ich mit ihm Bruderschaft getrunken habe."

„Was du nicht sagst! Das ist ja eine spannende Geschichte!" brummte der Wirt und kaute an der Zigarre. „Kannst du mir wenigsten sagen, wie dein Bekannter ausgesehen hat?"

„Na ja, soweit ich mich noch erinnere, hatte er eine schmächtige Figur, eitrige Pickel im Gesicht, trug eine schwarze Bikerjacke, ahmte Marlon Brando nach. Ich hatte keine Kohle mehr um die Zeche zu begleichen. Er borgte mir zwanzig Dollar und die wollte ich ihm zurückgeben. Ich dachte mir, vielleicht kennt ihr den Knaben."

Unvermittelt nahm der Barmann die Zigarre aus dem Mund, beugte sich über den Tresen und schrie übermäßig laut in den Gastraum hinein: „He, Jungs, aufgepasst! Dieser vornehme Mister sucht seinen Freund, dem er zwanzig Mäuse schuldet. Er will sie ihm erstatten, weiß aber den Namen nicht mehr. Aber er besaß eine Ähnlichkeit mit Marlon Brando. Wer kann weiterhelfen?"

Die zwei Zentnerriesen beendigten ihr Billardduell, stapften zum Schanktisch und gesellten sich links und rechts neben Jeck Born.

Die Luft wurde stinkig heiß und zum Schneiden dick.

Jeck Born lockerte den Krawattenknopf.

„Du suchst bei uns einen Kumpel, der dir zwanzig Moneten borgte, und dessen Name dir entfallen ist?", fragte der rechte Nachbar. Das zu kurze, verschwitzte Unterhemd überspannte nur halb den prallen Hängebauch. Die mächtigen Arme waren von den Schultern bis zu den Handrücken mit obszönen Tätowierungen gespickt.

Der linke Dickwanst, der wie ein Zwillingsbruder aussah, griff nach dem Whiskyglas, von dem Born nicht einmal genippt hatte. Er schnupperte daran und schnitt eine widerwillige Grimasse. Dann spuckte er in das Glas und schob es zu Born. „Gutes Gebräu, du solltest davon trinken, du Lackaffe!"

Ruhig sagte Born: „Ich will keinen Streit! Ich will nur einem Bekannten sein Geld zurückbringen!"

Am Ende der langen Theke erhob sich ein rothaariges Mädchen im knielangen Wildlederkleid und wanderte langsam mit ihrem Drink zu den drei Männern.

„Also gut, du Angeber, dann gib uns die Knete", grunzte der rechte Nebenmann und grinste heimtückisch dazu. „Wir sorgen dafür, dass dein Freund sie erhält. Oder misstraust du uns?"

„Natürlich nicht!", beeilte sich Born zu versichern. „Ihr seid absolut vertrauensselig!"

Böse schnarrte der linke Fettkloß: „Dann verstehen wir uns ja prima. Leg die Scheine auf den Tisch, sauf deinen Whisky und verdünnisiere dich!"

„Lass den Mann in Frieden, Porky! Er hat dir nichts getan!" bekam Born unerwartete Hilfe von der Rothaarigen.

Aufgebracht über die Einmischung schimpfte Porky: „Halte deine vorlaute Klappe, Kathy! Das geht dich einen feuchten Dreck an. Verschwinde wieder nach hinten, bevor ich dir in deinen geilen Hintern trete!"

Er wendete sich erneut Born zu: „Hast du Bohnen in den Ohren, du Affe? Oder spreche ich türkisch? Ich sage es dir zum letzten Male. Rück die Moneten raus, kippe den Whisky hinter deine Binde und mache dich von den Socken!"

„Alles klar, Mann!", seufzte Born ergeben, ob der unausweichlichen Konfrontation, langte blitzschnell nach dem Glas und schüttete den Inhalt mitten in Porkys Gesicht.

Der Überraschte heulte wie ein getretener Schoßhund und versuchte den Alkohol aus den brennenden Augen zu reiben.

Fast gleichzeitig rammte Born den anderen Nebenmann den Ellenbogen gegen den Hals. Dann sprang er vom Barhocker und schlug die Fäuste in dessen schwabblige Bauchgrube.

Doch die Schläge verpufften wirkungslos. Der Fleischberg wankte keinen Millimeter.

Hinter Borns Rücken schwang der langhaarige Rocker, der die Musikbox bediente, den Billardstock.

Viel zu spät konnte Born reagieren, ihm gelang nur eine halbe Körperdrehung, da drosch ihm der Hinterhältige den Stock über den Schädel, dass das Holz splitterte.

Die Kopfhaut platzte wie eine überreife Tomate und Blut strömte ihm über die Stirn und schmierte die Augen zu. Er konnte nichts mehr sehen. Blindlings fischte er seine Pistole aus dem Schulterholster. Ein nicht zu korrigierender Fehler.

Kompromisslos hieb ihm der Bursche die übriggebliebene Stockhälfte auf das Handgelenk und er musste die Waffe fallen lassen.

Sie ließen Jeck Born nicht den Hauch einer Chance. Die beiden Kolosse schleuderten ihn auf den dreckigen Fußboden und prügelten rücksichtslos auf ihn ein. Sie traktierten den Wehrlosen mit den schweren Armeestiefeln, dann nagelten sie seinen Kopf solange gegen die harten Bretter, bis er die Besinnung verlor.

Irgendwann hörten die drei Männer zu schlagen auf.

Blutüberströmt, die Kleider in Fetzen, am ganzen Leib zerschunden, lag Jeck Born zusammengekrümmt am Boden und rührte sich nicht mehr.

Porky und sein Kumpan packten Born an Händen und Füßen und schleiften ihn zum rückwärtigen Ausgang.

Ein Gast hielt ihnen die Tür auf und mit Schwung beförderten sie den schlaffen Körper auf den steinigen Hinterhof hinaus.

Wie tot blieb Born zwischen umgestürzten Mülltonen und ekelerregenden Exkrementen liegen.

Behände klopften sie seine Kleidung ab, stahlen ihm das Bargeld, ein paar hundert Dollarscheine, clipsten ihm die goldene Uhr vom Handgelenk. Sie fanden auch den Personalausweis und die Detektivlizenz.

„Sieh mal an, ein billiger Schnüffler", sagte Porky verächtlich und warf die aufgeklappte Brieftasche zu dem Bewusstlosen. „Um den ist es nicht schade!"

Anschließend stemmte er eine randvolle Aschentonne hoch und leerte die widerwärtigen Abfälle über Jeck Born.

Amüsiert teilten sie sich die Beute und trotteten in den Gastraum zurück.

***

Der abscheuliche Gestank weckte Jeck Born irgendwann aus der Bewusstlosigkeit. Er fühlte sich, als wäre er unter eine Rinderstampede geraten. Jeder Muskel, jeder Nerv, sämtliche Körperteile schmerzten wie Höllenfeuer bei der geringsten Bewegung.

Schemenhaft gewahrte er das neben ihm kniende Mädchen, das ihm den ekligen Müll vom Leib wischte und sein Gesicht von Blut und Dreck reinigte.

„Ich bin Kathy", sagte sie dabei. „Ich habe in der Bar zusehen müssen, wie diese Barbaren über Sie herfielen. Ich will ihnen helfen. Versuchen Sie aufzustehen. Wir haben nicht weit. Ich wohne hier im ersten Stock."

Energisch schob sie den Arm unter seine Achsel und mit ihrer Hilfe gelang es ihm sich auf die wackligen Beine zu stellen. Er schwankte wie ein Betrunkener und ein Stöhnen entwich seinen Lippen.

Hinterher konnte Kathy Breuer nicht mehr sagen, wie sie es schaffte den halbbetäubten Mann zu der Wohnung hoch zu schleppen. Sie zog ihn nackt aus, setzte ihn unter die Dusche und wusch ihn sauber. Danach bettete sie den Erschöpften auf das Sofa, rubbelte vorsichtig den lädierten Körper ab und verarztete ihn so gut sie es konnte. Behutsam deckte sie ihn mit einem großen Badetuch zu.

Er war ein zäher Mann mit Nehmerqualitäten und erholte sich zusehends.

„Wer bist du? Ein rothaariger Engel?", fragte er, als sie sich zu ihm setzte.

„Ich heiße Katy, ich bin alles andere, nur kein Engel", antwortete sie. „Ich habe viele schlechte Angewohnheiten. Ich bin nur eine mittelmäßige Tänzerin."

Er lächelte schwach. „Was immer du bist, für mich bist du ein Engel!"

Sein Kopf fiel zur Seite und er schlief ein.

Als er wieder erwachte, hockte Kathy noch immer an seiner Seite.

„He, Engel, du bist noch da?"

„Natürlich, das ist ja meine Wohnung!", erinnerte sie ihn lächelnd.

„Wie lange habe ich geschlafen?"

„Nicht lange, vielleicht drei Stunden. Hast du Hunger?"

Ohne eine Antwort abzuwarten holte sie einen Teller heißer Suppe, die sie schon vorbereitet hatte. Sie wollte ihm die Brühe einlöffeln, aber er weigerte sich und richtete sich auf. Um es ihm bequemer zu machen, schob sie ihm ein Kissen in den Nacken.

Er nahm ihr den dampfenden Teller ab und aß langsam. Er spürte wie die Kraft zurückkehrte.

„Warum hilfst du mir? Bekommst du keine Probleme mit deinen Freunden unten in der Kneipe?"

Sie entzog ihm den leeren Teller und kam mit einem Glas Whisky wieder.

„Die Jungs behaupteten du wärst Privatdetektiv? Stimmt das oder bist du doch ein fieser Bulle?"

„Wie kommst du auf diese Schnapsidee?", fragte er überrascht. Er probierte den gereichten Whisky. „Sehe ich denn aus wie ein Cop?"

„Eigentlich nicht", sagte sie und zündete zwei Zigaretten an und steckte ihm eine zwischen die Lippen.

So rauchten beide und schwiegen für eine kurze Zeit.

Dann fragte Kathy: „Du fragtest in der Bar nach einen Jungen in schwarzer Lederjacke, der Brando nacheifert und dem du Geld schuldest."

„Du kennst den Kerl?" Augenblicklich war Born hellwach und vergaß die Schmerzen.

„Warum suchst du ihn? Was hat er getan? Oder hat er dir wirklich Geld geliehen?"

Er saugte an der Zigarette, trank einen Schluck Whisky und sagte schließlich: „Mein Name ist Jeck Born! Ich bin Detektiv und suche nach diesem Arschgesicht, weil ein Freund von mir wegen ihm tief in Misslichkeiten steckt."

„Sag mir die Wahrheit! Was hat Marlon Brando verbrochen?"

„Na schön, mein roter Engel. Ich erzähle es dir", sagte er bitter. „Wir glauben, dass dieser picklige Brando Imitator mit Vorliebe kleine Mädchen die Bäuche aufschlitzt und sich an den Leichen befriedigt!"

Erschrocken rückte Kathy etwas von ihm ab. „Das…das glaube ich nicht. Sowas tut doch keiner! Das ist doch pervers."

Er wurde argwöhnisch: „Wieso glaubst du das nicht? Wir wissen, dass dieser Typ gestern Nacht vor dem **Halloween** mit einem Mädchen gesichtet wurde, deren Leichnam heute Morgen am Bronx River aufgefunden wurde."

„Um Gotteswillen!" entfuhr es Kathy. „Du sprichst von Susanne?"

Sofort hakte Born nach: „Du kennst Susanne Ryder?"

„Nur flüchtig, eigentlich gar nicht. Wir feierten mal zufällig auf derselben Party. Wir wechselten nur einige banale Worte. Das habe ich auch der Polizei verklickert, die mich heute vormittags verhörte."

Kurz stutzte Kathy, übereilt sagte sie: „Aber Moment mal! Die Cops erkundigten sich nach einem anderen Verdächtigen. Von einem Pickelgesichtigen war keine Rede. Ich werde verrückt! Gestern Nacht fragte mich ein Mann, er sah gar nicht übel aus, nach Vivien. Er behauptete wie du, ein Detektiv zu sein. An dem waren die Bullen dran.- He, das ist dein Freund, der in Schwierigkeiten steckt, richtig?"

„Ja, stimmt! Boy wird fälschlicherweise für den Mord an Susanne verantwortlich gemacht. Darum muss ich den wahren Täter schnappen. Und darum muss ich auch Marlon Brando finden. Wenn er nicht der Gesuchte ist, so ist er doch ein wertvoller Zeuge!"

„Es gibt tausend Typen in New York, die Brando nachmachen. Du suchst eine Nadel im Heuhaufen."

„Mag ja sein, aber wenn du so einen Burschen kennst, musst du es mir sagen!"

Mühevoll erhob er den geschundenen Oberkörper und verzog keine Miene, als sich die Schmerzen eindrucksvoll zurückmeldeten.

„Dich brennt doch etwas auf der Zunge! Was ist es? Spuck es aus! Ich glaube, du kennst so einen Burschen?"

Gierig rauchte Kathy die Zigarette zu Ende.

„Und wenn er der Falsche ist? Wenn er mit der ganzen Scheiße nichts zu tun hat? Susannes Tod ist schrecklich, aber ich kann doch keinen Unschuldigen ans Messer liefern!"

„Mach dir keine Gedanken, Kathy. Sag mir einfach, was du weißt!"

Leise, den Blick gesenkt, sagte sie: „Es war vorgestern Nacht. Ich war frustriert, wütend über meinen Freund, der mich verlassen hatte. Ich habe zu viel Hasch geraucht und zu viel Tequila getrunken. Auf einmal quatschte mich ein Junge an der Bar an. Ich kannte ihn nicht. Er war auch nicht mein Traumboy."

Born unterbrach sie nicht.

„Normalerweise hätte ich ihn abblitzen lassen. Er war wirklich nicht anziehend. Aber in dieser Nacht fühlte ich mich dermaßen einsam, dass ich auch mit Quasimodo ins Bett gestiegen wäre. Ich war vollkommen high und von Alkohol benebelt. Weiß der Teufel, warum ich Dean zu mir ins Auto steigen ließ…"

Dean, zum ersten Male höre ich deinen Namen, dachte Jeck Born.

„Um Mitternacht kutschierte ich Dean in meinen Wagen in den nächstgelegenen Park. Ich war vom Hasch so angetörnt, ich hätte auch den Glöckner von Notre Dame vernascht. Die Karre stand noch gar nicht, da ging ich Dean schon an die Wäsche und grapschte in seinen Hosenschlitz. Oh, Mann, noch nie hielt ich einen erbärmlicheren Männerschwanz in der Hand. Wie ein Babypimmel! Ich konnte nicht anders, ich prustete vor Lachen los. Ich lachte und lachte bis mir der Bauchmuskel schmerzte. Ich dachte nicht daran wie falsch das war. Kein Mann verträgt es, wenn man sich über sein bestes Stück lustig macht. Es kam wie es kommen musste. Dean flippte total aus. Er packte mich an den Haaren und bog mir den Kopf zurück. Ich sah das Messer und das Gelächter blieb mir im Hals stecken. Da löste sich meine Perücke…"

„Du trägst eine Perücke?" fragte er perplex.

„Ja, gelegentlich, wenn ich blond sein will. Mein rotes Haar ist auch nicht echt. Ich bin eigentlich brünett."

„Und was geschah weiter?"

„Dean gaffte wie gebannt auf den Haarschopf in seiner Hand. Ich nützte die Verwirrtheit aus und flüchtete aus dem Auto. Voller Aufregung rannte ich durch die Gebüsche und blieb irgendwann atemlos stehen. Ich blickte mich um. Aber Dean war mir nicht gefolgt. Ich hatte noch einmal Glück gehabt."

„Offensichtlich mehr Glück als Susanne! Warum bist du nicht zur Polizei gegangen?"

Verächtlich verzogen sich ihre Mundwinkel.

„Was sollte ich bei der? Was sollte ich der erzählen? Ich, Katharina Breuer, Obenohnetänzerin, aufgegeilt mit Hasch und Tequila, wäre beinahe vergewaltigt und getötet worden? Von einem angetörnten Jungen, der Dean Stanton hieß und einen kleinen Penis besaß?"

„Dean Stanton? Wieso weißt du plötzlich den vollständigen Namen?" reagierte Born und schlug das Badetuch auf. Als er bemerkte, dass er nackt war, bedeckte er sich wieder.

„Ich fand mein Auto gestern früh an derselben Stelle im St. Mary Park, wo ich es verlassen hatte. Hinter dem Scheibenwischer klemmte ein Zettel. Darauf schrieb Dean eine Entschuldigung und bat um ein Wiedersehen."

Ungläubig fragte Born nach: „Er signierte den Wisch mit dem eigenen Namen? Ist der Junge wirklich so blöd? Wo ist der Zettel?"

„Was soll damit sein? Ich habe ihn zerrissen! Ich wollte mit dem Psychopathen nichts mehr zu tun haben."

„Wo finde ich ihn?"

„Keine Ahnung! Bin ich der Detektiv oder du?"

Mit verkniffenem Gesicht schwang Born die Füße von der Couch.

„Wo sind meine Kleider?"

„Auf dem Müll! Die Sachen von dir waren nicht mehr zu gebrauchen. Du kannst unmöglich aufstehen. Du bist zu schwach!"

„Mit rennt die Zeit davon. Ich muss diesen Dean Stanton ausfindig machen."

Ein leichter Schwindel erfasste ihn und er setzte sich wieder.

Resignierend holte Kathy aus dem Schrank einige Gewänder und warf sie ihm zu.

„Das sind Klamotten meines Ex-Freundes", erklärte sie. „Er war zu feige um sie abzuholen. Vielleicht passen sie dir einigermaßen."

Umständlich kleidete er sich an. „Danke, du kriegst bei Gelegenheit alles zurück."

„Ich brauche die Sachen nicht. Von mir aus, entsorge sie einfach.-Was ist wenn Dean Stanton nicht der gesuchte Mörder ist?"

Er schlüpfte in das graue Sakko, das annähernd passte. Aber ein erneuter Schwächeanfall zwang ihn dazu, sich abermals hinzuhocken. Entschlossen versuchte er neue Kräfte zu bündeln.

Nach einer Weile konnte er antworten: „Ob Dean ein Mörder ist, werden wir aufklären. Tatsache ist aber, er war gestern Nacht im **Halloween** und er suchte wahrscheinlich nach dir. Doch er fand Susanne. Du hast ihn gesehen und hast wieder nicht die Cops informiert!"

„Aber Jeck, wie konnte ich ahnen…"

Er wollte eigentlich nicht so hart zu ihr sein. Aber er war es trotzdem. „Begreifst du nicht Kathy? Susanne musste sterben, weil du zu feige oder zu starrköpfig warst, um Stanton bei der Polizei anzuzeigen."

Dieser furchtbare Vorwurf traf Kathy wie ein Stich ins Herz. Sie gefror zu einem Eisblock.

Grußlos stelzte Born aus dem Raum.

Und er sah nicht mehr, wie Kathy die Hände vors Gesicht schlug und hemmungslos zu weinen begann.

Nur unter Aufbietung aller Energie schwankte Born zu dem Porsche am Halloween-Parkplatz. Erschöpft sackte er in den Ledersitz und wartete bis er sich kräftiger fühlte.

Danach startete er den Motor und fuhr zu Mama Carleones Pizzeria in die Burnside Avenue.

***

Ungeduldig erwartete ihn Anett McCormick im Hinterzimmer. Als sie sein ramponiertes Gesicht und den desolaten Gesamteindruck registrierte, sprudelte es aus ihr heraus: „Mann, Jeck! Du siehst Scheiße aus! Was ist dir passiert? Bist du gegen einen Omnibus gerannt?"

Entkräftet plumpste er in den Stuhl.

„Das ist eine lange Geschichte, Anett", schnaufte er. „Doch das wichtigste zuerst. Ich habe einen Namen! Unser Mann, den Boy als Brando-Verschnitt beschrieben hat, heißt Dean Stanton!"

„Du meinst, das ist der Gesuchte?"

„Ich wette!" sagte er und rappelte sich auf und holte sich den Telefonwälzer aus dem Bücherbord.

„Mal sehen wie viele Stantons es in New York gibt!"

Schnell blätterte er das Buch alphabetisch durch und klagte: „Oh, Jesus! Das sind ja über hundert Namen! Das dauert ja Tag bis wir alle angerufen haben."

„Ach was", erwiderte Anett energisch, nahm ihm das Fernsprechbuch weg, riss alle Seiten mit St heraus und klatschte sie Born vor die Nase. „Jammere nicht, wir haben keine Zeit. Fang einfach an zu telefonieren! Ich rufe einen Kollegen im Department an, der mir was schuldig ist. Ein wenig Dusel, und unser Stanton wird in der Kartei verzeichnet. He, Jeck, wir kriegen den Teufel. Wir sind an ihm dran!"

***

„Was gibt es zu glotzen, du Spanner?", stänkerte das Mädchen im Nachthemd. „Noch nie eine Frau im Negligé gesehen? Was willst du eigentlich?"

Wie angewurzelt stand Steven Boy Welden da und begriff allmählich, dass ihn kein Geist narrte. Auf den ersten Blick hatte er geglaubt Vanessa Hush stände leibhaftig vor ihm. Erst nach nochmaligem Hinschauen erkannte er den Trugschluss.

Das Mädchen vor ihm war nicht Vanessa. Aber es könnte ihr Ebenbild sein. Allerdings zwanzig Jahre jünger, weichere Gesichtszüge, doch die gleiche Nase, der Mund und die dunkelbraunen, traurigen Augen. All diese Merkmale erinnerten ihn an Vanessa.

„Vivien!?", sagte er rau. „Du musst Vivien sein! Vanessas Tochter!"

Wenn Vivien überrascht war, konnte sie es gut verbergen.

„Und wer bist du?", entgegnete sie prompt.

Noch immer beeindruckt von der frappierenden Ähnlichkeit von Mutter und Tochter, nannte Welden seinen Namen. Dann fügte er noch hinzu: „Ich war die letzten Stunden mit deiner Mutter zusammen."

Der Muskelprotz, der weiterhin neben Vivien stand, mischte sich vehement ein: „Schluss mit dem Gefasel! Jetzt fällt mir wieder ein wer du bist. Du bist das Sackgesicht, das gestern im *Halloween* die Girls anmachte. Nach dir erkundigten sich auch die Bullen. Mann, ich hätte dir doch in die Eier treten sollen!"

Bedrohlich blähte er den Brustkasten auf.

Ansatzlos schmetterte Welden die Faust gegen das Kinn des Hünen. Überrumpelt von der Blitzattacke verdrehe der die Augen und sank in die Knie.

Ungerührt sagte Vivien; „Gehe spazieren, Jerry! Komm in einer Stunde wieder!"

„Du hast es gehört, Jerry! Gehe einfach spazieren!"

Kompromisslos packte Welden den Angeschlagenen am Handgelenk und schleuderte ihn zu den Aufzügen.

Jerry knallte mit der Stirn an die Mauer und rutschte haltlos auf den Boden.

Ohne ihn weiter zu beachten trat Welden zu Vivien in die Wohndiele und schloss die Tür hinter sich.

„Dein Freund hat ja ein Kinn aus Beton", sagte er und rieb sich die schmerzenden Handknöcheln. Dabei fixierte er das leichtbekleidete Mädchen von oben bis unten.

Vivien wurde sichtlich nervös unter seinem Blick und schämte sich auf einmal wegen ihrer Halbnacktheit. Das Nachthemdchen enthüllte mehr als es verdeckte.

„Nun schau mich nicht so an", monierte sie. „Ich weiß selber, dass ich nicht besonders aussehe. Mir fehlt einfach der Schlaf. Die letzten Tage und Nächte waren ganz schön hart."

Sie lief ins Schlafzimmer und holte einen übergroßen Pullover aus dem Kleiderschrank.

Er folgte ihr und sah ihr zu, wie sie den Pulli überstreifte. Der reichte ihr bald bis zum Knie.

Vivien setzte sich auf die Bettkante und legte die Hände in den Schoß. Traurig sagte sie: „Du bist also Steven Boy Welden? Der Mann, der Mamas letzte Hoffnung gewesen war. Wo warst du, als sie dich brauchte?"

„Ich war bei ihr. Aber ich konnte ihr nicht helfen."

„Hast du mit Mama geschlafen? Und hat sie dir erzählt, wie sie ihren Lebensunterhalt verdingte?"

„Nein, ich erfuhr das alles viel später von jemand anderem. Aber es wäre mir auch egal gewesen. Deine Mutter war eine einsame Frau, die sich nach etwas Liebe sehnte…"

„Mann, du solltest dich selber hören. Was erzählst du für eine Kacke! Sag einfach, du hast Mama gevögelt und du hattest deinen Spaß dabei!"

Darauf wusste Welden absolut keine Antwort.

Leise fragte Vivien und in ihren Augen standen die Tränen: „Du warst bei Mama, als sie ermordet wurde? Und du konntest ihr nicht beistehen? Warum nicht?"

„Ich war machtlos. Ich konnte nichts tun", sagte Welden unwillig. Ihm war nicht wohl in der Haut. Ihre missbilligenden Blicke störten ihn. „Ich habe geschlafen, als der Mörder in das Schlafzimmer eindrang und deine Mutter tötete."

„Du hast neben Mama gepennt?" fragte Vivien fassungslos. „Sie wurde neben dir niedergestochen und du hast gepennt? Was bist du für ein Detektiv?"

Er fühlte sich in die Enge getrieben und verteidigte sich vehement, obwohl er wusste, dass sie Recht hatte.

„Verdammt, Vivien! Der Kerl hat mich niedergeschlagen! Ich war außer Gefecht gesetzt. Als ich wieder erwachte, war alles vorbei! Ich mache mir ja selber die größten Vorwürfe. Du hast ja recht, wenn du mich anklagst. Ich hätte besser aufpassen müssen."

„Ich klage dich nicht an, Mister Welden", erwiderte sie niedergeschlagen. „Es nur alles schwer zu begreifen. Zuerst wird Patrizia ermordet und jetzt Mama. Ist die Welt denn total aus den Fugen geraten?"

„Ja, das scheint so! Aber jetzt bist auch du in Gefahr. Der Killer ist auch hinter dir her!"

Er blickte sich um und schüttelte leicht irritiert den Kopf: „Das ist kaum zu glauben. Ausgerechnet hier finde ich dich, direkt neben der Wohnung deiner Mutter. Gehört das Apartment dir oder dem Kraftprotz?"

„Jerry wohnt hier!"

„Und die Cops wussten das nicht?"

Sie zuckte mit der Schulter. „Natürlich wissen die Cops wer die Bude gemietet hat. Aber sie wissen nicht, dass ich mich hier einquartiert habe."

„Ist Jerry dein Zuhälter?"

„Jerry ist schon in Ordnung. Er hat zwar ein Spatzenhirn, ist aber treu wie Gold. Er spielt sich als mein Beschützer auf."

„Schläfst du mit ihm?" fragte er direkt.

Amüsiert lachte sie auf: „Das geht dich wirklich nichts an, du Superdetektiv!"

„Du wurdest gestern Nacht in der East 211 Street erwartet", sagte er kühl. „Warum bist du nicht gekommen?"

Viviens Überraschung währte nur kurz. „Woher weißt du das? Hast du mit Emil gesprochen?"

„Ich hätte es gerne getan. Doch der zeigte keine Interesse mehr sich mit mir zu unterhalten."

„Wieso nicht?"

Etwas zu grob sagte er: „Weil man mit einer Bleikugel im Kopf nicht mehr sprechen kann!"

„Emil ist tot?" Entsetzt starrte sie ihn an.

„Es tut mir leid, ja, Emil Lach wurde erschossen. Wahrscheinlich von demselben Killer, der auch deine Mutter auf dem Gewissen hat und aus irgendeinem Grund auch dir nach dem Leben trachtet. Er gab sich als Polizist aus und erpresste von Kathy Breuer deinen eventuellen Aufenthaltsort. Gottseidank warst du nicht anwesend. Leider der unbeteiligte Emil Lach!"

Er zündete sich eine Zigarette an.

Tränenerstickt stammelte Vivien: „Ich habe mich vor zwei Tagen von Emil getrennt und bin zu Jerry gezogen. Gestern rief mich Emil an. Er weinte und bettelte darum, dass ich zu ihm zurückkehre. Ich vertröstete ihn und versprach bei ihm vorbeizukommen, was ich letztlich nicht tat."

„Das war dein Glück. Vermutlich wärst du dann auch tot! Warum hast du dich von Lach getrennt? Zahlte er zu wenig?"

„Ach, Quatsch, aber er wollte sich scheiden lassen und mich heiraten. Ich sagte ihm, dass ich dazu keine Lust verspürte. Was soll ich mit einem Mann, der eine Frau und vier Kinder verlassen will? Darauf hatte ich keinen Bock. Mein Leben ist auch so schon beschissen und verkorkst."

„Sei nicht so hart zu dir, sondern dankbar, dass du noch lebst!"

„Manchmal wünschte ich mir, ich wäre tot! Niemand würde mich vermissen. Eine Hure weniger in New York! Wen juckts?"

Welden verstand sie nur zu gut. Vor Wochen fühlte er genauso wie sie. Allein, verlassen, unnütz.

„Dein Selbstmitleid hilft uns auch nicht weiter", sagte er bewusst schroff, um sie aus der Lethargie zu reißen und setzte sich neben Vivien auf den Bettrand.

„Lass und lieber gemeinsam überlegen, wie wir an das Schwein herankommen. Verwahrte deine Mam keine Aufzeichnungen über ihre Liebhaber? Viele Call-Girls führen ein Tagebuch über ihre Freier. Vanessa auch?"

„Du meinst, um die geilen Säcke später zu erpressen?"

„Erpressung, Selbstschutz, wie du es auch nennen willst! Existiert ein Tagebuch oder eine Kundenliste?"

„Kann sein, vielleicht, ich weiß es nicht. Du glaubst also, der Mörder ist ein Freier?"

„Vieles deutet darauf hin", meinte Welden. „Es gab keinerlei Einbruchspuren in der Wohnung. Also verwendete der ungebetene Gast einen Schlüssel. Er muss ein guter Freund deiner Mam gewesen sein, wenn sie ihm einen Schlüssel überließ. Du kanntest doch viele Kunden. War da vielleicht einer, der übertrieben eifersüchtig war, Besitzansprüche stellte oder stark aggressiv reagierte?"

„Ich brauche ein Bier", sagte Vivien und stand auf. „Du auch?"

Er folgte ihr in die Küche. Sie holte zwei Bierdosen aus dem Kühlschrank. Ungelenk zog sie den Öffnungshaken auf und das Gebräu schäumte heraus. Hastig trank sie, verschluckte sich und bekam keine Luft mehr.

Er rührte sein Bier nicht an und wartete bis sie wieder atmen konnte.

Sie lehnte am Küchenbüffet und trank einen tiefen Schluck. Gedämpft hüstelte sie: „Patrizia war tot und nichts war mehr wie früher. Mama kapselte sich ab und ließ niemanden an sich heran. Nicht einmal mich, ihre Tochter. Sie wollte oder konnte die Trauer nicht teilen und baute eine unüberwindbare Mauer um sich auf. Ich war abgrundtief verletzt, weil sie mich aussperrte."

Geduldig hörte Welden zu. Er rauchte den letzten Zug und zermahlte den Stummel im Aschenbecher.

„Ich lernte Emil im **Halloween** kennen, der sah mir beim Tanzen zu und sprach mich nach der Show an", erzählte Vivien. „Eigentlich war er viel zu alt für mich. Aber er war nett und höflich und er behandelte mich nicht wie eine Nutte. Er besorgte eine Wohnung für mich und bezahlte die Miete. Ich besuchte Mama nur noch gelegentlich. Aber das schien ihr egal zu sein. Wir wurden uns von Tag zu Tag fremder."

Sie trank das Bier aus, zerdrückte die Blechdose, zielte den Abfalleimer an und warf daneben.

„Du solltest mir etwas über den letzten Liebhaber deiner Mutter mitteilen", sagte er ins Blaue hinein.

Baff erwiderte sie: „Wen meinst du?"

„Keine Ahnung! Sage du es mir. Du kennst ihn doch, oder?"

Sie nahm sich die zweite Bierdose, die für Welden bestimmt war, knackte den Verschluss hoch und prostete ihm zu und trank. Mit dem Handrücken wischte sie den Schaum von den Lippen.

„Eventuell hast du recht", sagte sie nachdenklich. „Da gibt es tatsächlich einen Mann. Aber ich weiß nicht wer er ist. Ich habe ihn nur einmal bei Mama getroffen. Ich glaube, er könnte ein Bulle sein."

„Du glaubst der Lover deiner Mutter war ein Cop? Was bringt dich auf diese Schnapsidee?" fragte er skeptisch.

„Na ja, es ist einfach so ein Bauchgefühl. Ich bin mir auch nicht sicher. Vor zwei, drei Wochen besuchte ich mal wieder Mama am frühen Morgen ohne Ankündigung. Weil niemand aufmachte, öffnete ich die Wohnungstür mit dem Zweitschlüssel, den ich immer noch besaß. Auf dem Sofa schnarchte ein halbnackter Mann. Er war lediglich bekleidet mit einer lächerlich geblümten, knielangen Unterhose und verschiedenfarbige Socken. Einer rot, einer Gelb."

„Verdammt, das ist der Mistkerl!"

Die Erinnerung kam wie ein Blitz.

„Wie konnte ich das nur vergessen! Bevor ich bewusstlos geschlagen wurde, sah ich noch die blutigen Hosenbeine und die zweifarbigen Strümpfe!", sprach Welden mit sich selber.

„Von wem redest du?"

„Wahrscheinlich vom selben Mann wie du. Nun sag mir, warum du meinst, der Schlafende auf der Couch wäre ein Bulle gewesen?"

„Weil auf dem Tisch ein abgelegter Schultergurt mit einem Revolver lag, daneben eine blecheres Ding, dass einer polizeilichen Dienstmarke ähnelte. Bevor ich sie aber genauer betrachten konnte, wachte der Kerl auf."

„Und dann?"

„Nichts, ich sagte ihm, ich wäre die Tochter und fragte nach Mama. Er schien überhaupt nicht erstaunt über mein unvermitteltes Auftauchen. Er erklärte er mir er wäre ein guter Freund von Mama und sie wär gerade beim Einkaufen. Auch machte es ihm nichts aus sich halbnackt vor mir auf dem Diwan zu aalen."

„Und weiter?"

Vivien zuckte mit der Schulter: „Nichts weiteres, total entspannt kleidete er sich an und steckte Revolvergurt und Dienstmarke ein. Dabei meinte er, ich soll Mama sagen, dass er keine Zeit mehr für ein Frühstück hätte und ich ihn entschuldigen sollte. Das war alles. Und dann ging er."

„Wie sah der Kerl aus?"

„Hager, aber durchtrainiert, scharfe Gesichtszüge. Ein richtiger, harter Typ. Dazu noch die Augen…"

„Was war mit den Augen?"

„Gefühlloser, eiskalter Blick. Schwarze, stechende Augen sehen durch dich, als wärst du aus Glas."

Auch das hatte Welden schon gehört. Und zwar von Kathy Breuer, die so den Polizisten beschrieb, der sie nach Vivien befragte.

„Ein verdammter Cop also", dachte er laut. „Ein Cop, der durch einen dienstlichen Auftrag Vanessa kontaktierte. Patrizia wurde ermordet und ein Polizist muss die furchtbare Nachricht überbringen. Der Polizist kommt öfters. Anfangs sind es nur offizielle Besuche, die dann ins Private wechseln. Es beginnt ein intimes Verhältnis. Der Cop wird ein Liebhaber. Okay, mein Junge, ich kriege dich. Ein Anruf im Revier und ich erfahre, wer der ermittelnde Beamte ist…"

„Ich verstehe kein Wort", sagte Vivien kopfschüttelnd.

Urplötzlich ein ungestümes Klopfen am Wohnungseingang und ein barsches Männerorgan brüllte: "Hier spricht die Citizenpolice! Öffnen sie sofort die Tür!"

Dazwischen eine zweite Stimme: „Vivien, Baby! Bist du da? Hat dir dieser Pisser was angetan? Mach uns die Tür auf, Kätzchen. Ich bin's, dein Jerry, ich habe die Bullen mitgebracht!"

„Oh, Mann, ich glaube es nicht!", seufzte Welden. "Dieser Vollidiot schickt mir tatsächlich die Cops auf den Hals!"

Das Klopfen verstärkte sich.

„Wenn Sie nicht öffnen, brechen wir die Tür ein!"

Besorgt blickte sich Welden um. „Verflixt, wo soll ich hin? Ich sitze in der Falle!"

„Du kannst dich nicht verstecken", sagte Vivien. „Sie wissen, dass du hier drinnen bist."

„Ja, ich weiß", sagte er. Ihm wurde klar, ihm blieb nur ein Fluchtweg. Und der führte durch der Wohnungstür nach draußen.

Er schob Vivien in die enge Garderobe.

Der Polizist in der Etage schnarrte: „Zum allerletzten Male! Öffnen Sie uns!"

Flüsternd befahl Welden dem ihn fragend ansehenden Mädchen: „Gehe zur Tür und wenn ich dir zunicke, reißt du sie blitzschnell auf, okay?"

„Alles klar!", raunte sie zurück.

Er ging ein paar Meter nach hinten, um Anlauf zu nehmen. Kurz überlegte er, wie viele Cops ihn empfangen werden. Einer, unter Umständen zwei, daneben noch das Muskelpaket Jerry.

Die Überraschung würde auf Weldens Seite sein. Aber ihm verblieb verdammt wenig Zeit die Haustreppe zu erreichen. Doch er könnte es schaffen.

Die Frage war nur, werden die Cops nach den Waffen greifen und auf ihn schießen?

„Was soll's", brummte Welden. „wird schon schiefgehen!"

Er nickte Vivien zu.

Sie zauderte nicht und riss unversehens die Tür auf.

Im Eingang standen ein verdutzter Polizist, der in der erhobenen Hand einen Gummiknüppel hielt und der perplexe Jerry.

Da spurtete Welden los.

Vivien konnte gerade noch zur Seite ausweichen.

Der Schreckmoment des Cops währte nur kurz. Er sah die schnelle Gestalt aus der Wohnung auf sich zu stürmen und er schlenkerte den Gummiknüppel.

„Aufpassen, Jim!", warnte er seinen Partner, der den Fahrstuhl bewachte. „Der Kerl will…!"

Doch Welden hatte ihn schon erreicht. Er rammte den Cop den Ellenbogen an den Kehlkopf. Fast synchron trat er Jerry gegen die Kniescheibe. Der knickte wie ein abgebrochenes Streichholz in sich zusammen.

Der andere Mann am Lift starrte wie paralysiert auf den ihm zufliegenden Irrwisch.

Schon war Welden bei ihm und rammte ihn mit einem Schultercrash über den Haufen.

Nur noch fünf Meter trennten Welden vom rettenden Treppengeländer.

Der an der Kehle getroffene Cop röchelte: „Verflucht, Jim! Lauf ihm hinterher! Nimm deine Kanone! Der Hundesohn entwischt uns sonst!"

In Weldens Nacken überschlug sich die Stimme von Jim: „Halt oder ich schieße!"

Ein gewaltiger Satz und Welden übersprang sechs Stufen abwärts, geriet ins Straucheln, stürzte aber nicht.

Peitschend löste sich ein Schuss und körniger Deckenputz regnete auf ihn hernieder. Doch er ließ sich nicht aufhalten.

„Ihm nach, Jim! Bleibe dran!", quiekte der Halsverletzte. „Ich nehme den Lift und verständige Henry über Funk. Er kommt uns vom Erdgeschoss entgegen."

Wieder knallte ein Schuss und diesmal zirpte die Kugel beängstigend nahe über Weldens Haarschopf.

Die Treppe bog um ein Mauerwerk und er entschwand aus dem Sichtfeld der Polizisten. Harte Stiefelabsätze polterten hinter ihm die Steintreppen herunter.

Gottverdammt, er war im 30. Stockwerk. Wie sollte es ihm gelingen ungehindert das Gebäude zu verlassen? Noch dazu wenn ihm ein dritter Cop von unten entgegen kam.

Ungebremst stürmte Welden abwärts.

27. Etage…26. Etage…

Keuchend hetzte er weiter. Dicht hinter ihm der schnaufende Verfolger.

22. Etage.

Die Kräfte erschlafften merklich und die Schritte wurden immer kürzer, trotzdem schien sich sein Vorsprung zu vergrößern. Auch dem Jäger ging die Puste aus.

Im 19. Stockwerk öffnete Welden sperrangelweit das Flurfenster und schleuderte seine braune Lederjacke hinaus. Dann hastete er ein Geschoss tiefer. Dort blieb er ausgepowert neben einer Wohnung stehen und rang begierig nach Sauerstoff.

Auf der Etage über ihm stoppte der Lift und deutlich hörte er die Stimme des Ankommenden: „Jim, hast du den Burschen? Wo ist er?"

Rasselnd antwortete ein nach Luft japsender Mann: „Ich…ich…, äh verflucht Clint, lass mich erst mal verschnaufen. Solche Verfolgungsjagden bringen mich noch ins Grab. Mann, ich bin zu alt für diese Kacke!"

„He, sieh mal! Das Fenster steht offen! Ist dieser Hurenbock über die Feuerleiter entkommen?"

Nach wie vor kämpfte sein Kollege mit Luftmangel.

„Eine Minute, Clint! Gib mir noch eine Minute!"

Derweil beugte sich Clint weit über die Fensterbrüstung hinaus und spähte nach unten. Seine Stimme klang eigentümlich hohl. „Ich kann niemanden auf der Leiter sehen. Aber ich sehe etwas auf der Erde liegen. Könnte ein Hemd oder eine Jacke sein. Jim, unser Mann flüchtete bestimmt über die Außenleiter. Oder was glaubst du?"

„Oh Scheiße, ich weiß es nicht. Das kann auch ein billiger Trick sein und er preschte weiter die Treppen hinab."

Clint kam vom Fenster zurück und sagte: „Dann muss er Henry in die Arme laufen. Ich schlage vor wir trennen uns. Du steigst über die Leiter und ich gehe die Etagen ab."

Aufgebracht protestierte Jim: „Den Teufel werde ich tun! Ich bin nicht lebensmüde! Du nimmst die Feuerleiter, du bist schließlich vierzig Kilo leichter wie ich!"

Die Antwort ging im Rauschen des eingeschalteten Handfunkgerätes unter.

Jim krächzte in das Mikrofon: „Hallo Henry! Verstehst du mich? Wo bist du? Ist dir der Kerl über den Weg gelaufen?"

Blechern hallte es aus dem Funkgerät: „Hallo Jim! Kann dich gut hören! Ich bin gerade auf der 11. Etage. Nein, mir ist keine Maus begegnet. Alles ruhig, bei euch auch alles okay?"

„Alles Roger, Henry! Aber sei vorsichtig! Wir wissen nicht ob der Kerl bewaffnet ist. Aber er ist brandgefährlich, wenn er in die Enge getrieben wird. Pass auf dich auf!"

„Macht euch keine Sorgen, Jungs! Ich werde mit diesem Burschen schon fertig!"

Es knackte laut im Gerät und das Rauschen erstarb.

„Und was nun?" fragte Jim und steckte den Handfunk in die Brusttasche.

Gereizt knurrte Clint ihn an: „Sam Brooker degradiert uns zur Verkehrspolizei, sollte uns der Hundesohn durch die Lappen gehen. Also meinetwegen, ich klettere über die Außenfassade und du nimmst die Treppe. Aber gib acht, dass du keinen harmlosen Mieter abknallst!"

„Quatschkopf!", sagte Jim gutmütig und kein bisschen beleidigt. Er drehte sich um und ging schwerfällig zu den Treppen.

Ein Stockwerk tiefer klingelte Welden hektisch an der Wohnungstür.

Schon sah er die Stiefel und die blaue Uniformhose des Cops auf den Stufen, als unerwartet die Tür aufging und er in den Vorraum stolperte. Blitzschnell drückte er mit dem Rücken die Tür zu.

Vor ihm stand eine hübsche junge Frau im moosgrünen Kostüm. Sie merkte sofort, dass sie den falschen Besucher eingelassen hatte und sagte empört: „He, wer sind Sie? Was wollen Sie von mir? Ich dachte Sie wären Ted...!"

Geschwind presste Welden ihr seine Hand auf den Mund und sagte verhalten in ihr Ohr: „Sorry, schöne Frau! Keine Angst ich tue ihnen nichts! Ich verstecke mich nur vor einem eifersüchtigen Ehemann!"

Sie brummelte etwas Unverständliches in seine Hand und ihre rehbraunen Augen blitzten ihn wütend an.

Er hielt sie fest und blickte aufmerksam mit einem Auge durch den Türspion. Ein korpulenter Polizist schlich geduckt mit vorgehaltenem Revolver am Eingang vorbei. Dann verschwand er aus dem Blickwinkel.

Die widerspenstige Schönheit servierte Welden einen heftigen Tritt an das Schienbein.

„Verdammt, das tut weh!", beschwerte er sich und löste die Hand von ihren Lippen.

Tief holte sie Luft: „Sie unverschämter Wüstling...!"

Reflexartig versiegelte er erneut ihren Mund.

Der Cop war nicht mehr zu sehen. Langsam zählte Welden bis dreißig.

Unaufhörlich bearbeitete sie sein Schienbein mit Fußtritten.

Er verkniff sich die Schmerzen und gab sie frei.

„Ist ja gut, ich verschwinde schon", sagte er.

Bevor sie ihm eine Ohrfeige verpassen konnte, küsste er sie schnell und unverfroren auf den zornigen Mund. „Viel Spaß mit Ted! Der ist zu beneiden!"

Über so viel Frechheit verlor sie endgültig ihre Fassung.

Welden machte das er wegkam. Ohne recht zu überlegen was er tat, hinkte er mit schmerzendem Schienbein die Stockwerke nach oben.

Unterwegs traf er mehrere Anwohner, die sich angeregt in den Gängen unterhielten und nicht die geringste Interesse an ihm verschwendeten.

„Hast du gehört? Die Bullen sollen den Killer jagen, der die Nutte im 30.ten abgemurkst haben soll!", erlauschte Welden im vorbeigehen.

Geringschätzig äußerte sich ein Nachbar: „Pah, die Cops sind doch viel zu blöd dazu! Wahrscheinlich hecheln sie einen unschuldigen Zeitungsverkäufer hinterher!"

Etwas schneller atmend erreichte Welden den Ausgangspunkt seiner Flucht. Die 30. Etage.

Menschenleer.

Wo war Muskelmann Jerry? Vermutlich mit Vivien in seinem Apartment.

Jählings fand Welden den Einfall absurd hierher zurückzukehren. Die Cops werden mit Sicherheit die Suche nach ihm nicht aufgeben. Auch sie werden wieder zurückkommen und Vivien noch einmal verhören.

Er steckte in der Falle.

Dieser Hochhaustrakt war ein verdammtes Gefängnis und er hockte mittendrin. Bald wird es vor übereifrigen Polizisten nur so wimmeln. Cops, die nach allen Richtungen ausschwärmten und systematisch sämtliche Wohnungen durchkämmtem.

Was Welden dringend benötigte war ein guter und schneller Plan.

Der Fahrstuhl bremste auf der Etage und für Welden gab es kein Entkommen mehr. Er stand da wie auf einem Präsentierteller.

Ein drahtiger Mann im grauen Anzug trat aus dem Lift. Er blickte links und rechts den Korridor hinunter. Dann erblickte er Welden und lächelte.

Unmerklich gefror Welden das Blut in den Adern. Das konnte nicht wahr sein. Der Mann war ein New Yorker Cop vom 14. Distrikt mit dem er vor Jahren einmal zu tun hatte. Damals gehörte der Beamte zu den Guten. Heute auch noch?

„Guten Tag!", grüßte der Polizist und näherte sich.

Hinter ihm schloss sich geräuscharm der Lift.

„Haben Sie sich verlaufen, Mister Welden?" Ein zynisches Lächeln umspielte die schmalen Lippen.

Eine unangenehme Kälte rann über Weldens Rücken und die Nackenhaare richteten sich auf. Diese Stimme hatte sich in ihm eingebrannt. Niemals würde er sie vergessen können.

‚Ich will, dass du sie noch einmal vögelst! ', schrillte die Stimme in der Erinnerung.

Ernüchtert schüttelte Welden die Beklemmung ab. Vor ihm stand der Mörder von Vanessa Hush. Das war so sicher, wie das Amen in der Kirche.

Emotionslos sagte der Beamte: „Ihre Uhr läuft langsam ab, Mr. Welden." Er zückte die Dienstwaffe und wies damit Welden den Weg.

„Bitte gehen Sie voraus, Mr. Welden, begeben wir uns in Vanessas Liebesgemach. Dort erlebten Sie doch wunderschöne Stunden, nicht wahr?"

„Was haben Sie vor, Officer?", fragte Welden mit versteinerter Miene. Die Gedanken schlugen Kapriolen und suchten fieberhaft nach einem Rettungsanker. „Sie wollen mich auch töten? Damit kommen Sie nicht durch. Das ist Mord!"

Arrogant lachte der Cop: „Sie verkennen Ihre Lage, Welden! Ich bin ein Polizeibeamter und Sie ein mit Haftbefehl gesuchter Verbrecher. Sie leisten

Widerstand bei Ihrer Festnahme und ich muss Sie in Notwehr erschießen. Peng und Ende!"

Er sperrte Vanessas Apartment auf und dabei zerfetzte das Papiersiegel.

Widerstandslos ließ sich Welden in die muffige, ungelüftete Wohnung dirigieren. Der penetrante Gestank von Blut, Erbrochenen und übler Verwesung raubte die Luft zum Atmen.

Der Mann hinter ihm sagte: „Willkommen am Ort der Leidenschaft und der wilden Ekstase!

***

Ohne anzuklopfen betrat Anett McCormick das Hinterzimmer von Mama Rosas Pizzeria und wedelte mit einem Zettel in der Hand.

„Ich habe eine Adresse, Jeck! Beende deine Telefoniererei!"

Auf dem Sofa lümmelte Jeck Born. Vor ihm auf dem ovalen Tisch ein Glas Whisky und ein aufgerissene Tüte Paprikachips, die sich über die Oberfläche verstreuten.

Heftpflaster verdeckten die Beulen und Wunden in seinem lädierten Gesicht. Die Lippen waren noch dick geschwollen. Trotzdem schien er bestens gelaunt.

„Hören Sie, Denise, ich darf Sie doch Denise nennen, Miss Stanton?", flirtete er mit dem Telefonhörer.

Anett traute ihren Ohren nicht und forderte ungehalten: „Jeck, spinnst du? Mach Schluss mit dem Gesülze!"

Doch Jeck schäkerte weiter.

„Liebste Denise!", flötete er in die Muschel. „Leider muss ich unser anregendes Gespräch unterbrechen. Die dienstliche Pflicht ruft mich. Aber es bleibt bei unserer Verabredung, nicht wahr? Ich erwarte Sie heute Abend um 20Uhr bei Mama Rosas Pizzeria in der Burside Avenue. Ich zähle die Stunden bis dahin. By, By, meine Schöne!"

Verständnislos sagte Anett: „Sag mal, Jeck, ist bei dir eine Schraube locker? Wir jagen einen Mörder! Jede Sekunde ist kostbar und du raspelst Süßholz mit einer Unbekannten?"

Jeck Born bemühte sich um eine Erklärung.

„Das war mein 83. Telefonat in zwei Stunden. 83 Stantons und unser Dean war nicht dabei. Die Nummer 84 heißt Denise Stanton und ist süße 22 Jahre alt, ohne festen Freund. Sie liebt Abendspaziergänge, alten Rotwein und Cat Stevens. Sie besitzt die erotischste Stimme seit Marylin Monroe. Was blieb mir übrig, Anett? Ich musste mich mit ihr verabreden!"

Mit gespielter Theatralik warf sie eine Zündholzschachtel nach ihm.

Er duckte sich weg und das Wurfgeschoss verfehlte ihn.

Anett konnte ihm gar nicht richtig böse sein.

Kopfschüttelnd sagte Sie: „Mensch, Jeck! Du siehst aus wie Frankensteins Monster. Das arme Mädchen bekommt den Schock fürs Leben bei deinem Anblick. Das darfst ihm nicht antun!- Und jetzt erhebe dich! Wir müssen einen Killer fangen. Dean Stanton wohnt in Quenns, 23 Dry Habor Road!"

„Großartig, Baby! Welcher Vogel hat dir das gezwitschert?", feixte Born beeindruckt, schob sich ein paar Kartoffelchips in den Mund und spülte einen Schluck Whisky nach.

„Ein Exkollege war mir noch einen Gefallen schuldig. Er fand heraus, dass ein Dean Stanton in der Kartei registriert ist. Stanton wurde bereits mehrmals wegen Verkehrsdelikten und anderen kleineren Straftaten angezeigt. Wenn wir Glück haben ist das unser Mann."

Jeck Born zwängte sich in das zu enge Sakko, das ihm Kathy Breuer überlassen hatte und rief beim Verlassen der Gaststube der molligen Wirtin zu, die am Tresen mit den ungewaschenen Gläsern hantierte: „Tschau, Mama Rosa! Sollte sich Boy melden, dann sage ihm, wir wären unterwegs in die 23. Dry Hobar Road. Wir besuchen dort Dean Stanton.- Und noch was anderes, Mama. Reserviere für mich heute Abend 8Uhr deinen besten Tisch. Du weißt schon, Spitzendecke, Kerzenlicht, Hummer und Rotwein und Cat Stevens. Bis dann, Mama Rosa!"

Ungeduldig zwickte ihn Anett McCormick am Ärmel und bugsierte ihn aus der Pizzeria.

Kurz darauf fuhren beide in Jecks Porsche in Richtung Dry Hobar Road.

Es war vier Uhr nachmittags und der beginnende Feierabendverkehr bremste ihr Vorwärtskommen stark ab. Die Hauptstraßen füllten sich proppenvoll.

Im Autoradio spielten die Beach Boys und Borns Finger tanzten im Takt auf dem Holzlenkrad.

Der böige Wind trieb die grauen Wolken vor die Sonne und es roch nach Regen.

Ungleichmäßig tuckerte der Vierzylinderboxermotor des Porsches. Der Wagen rollte nur im Schritttempo dahin. Zwischenzeitlich gab Born bei durchgetretener Kupplung kräftig Gas, um die verrußten Zündkerzen freizublasen.

In den Beach Boy Song platzte die Stimme des Nachrichtensprechers, der eine aktuelle Meldung veröffentlichte: „Wir bitten die Autofahrer in Quenns weitläufig die Greenpoint Avenue zu meiden. Dort riegelt die Citizenpolice gerade das 42. Hochhaus ab. Angeblich verschanzt sich ein gefährlicher Frauenmörder im Gebäude. Unser Reporter vor Ort versucht genauere Details zu erfahren und berichtet demnächst live vom Geschehen. Und nun geht's weiter mit Kenny Rogers."

„42the Greenpoint Avenue?" überlegte Born laut und kratzte seinen Hinterkopf.

Viel schneller reagierte Anett. Rasch sagte sie: „42the, da wohnte doch Vanessa Hush! Mann, Jeck, die Bullen haben Boy an den Eiern! Dieser Verrückte versuchte bestimmt in das abgesicherte Apartment einzubrechen und wurde dabei geschnappt!"

„Ruhig Blut, Anett!", beschwichtigte Born. „So leicht lässt sich unser Boy nicht schnappen!"

Erregt widersprach Anett: „Du überlegst nicht, Jeck! Boy kommt aus dem Gebäude nicht mehr heraus. Die Cops haben ihn eingekesselt. Sie werden ihn abknallen, sobald er nur seine Nasenspitze zeigt. Sie halten ihn für einen eiskalten Killer und sollte dazu noch Sam Brooker dabei sein, gibt es keine

Gnade. Brooker hasst Boy wie die Pest und niemand weiß warum. Er wird alles tun um Boy zur Strecke zu bringen.- Stopp sofort die Karre und lass mich aussteigen. Ich muss Boy zur Hilfe eilen."

Mitten auf dem Long Island Expressway bremste Jeck Born den silberfarbenen Sportflitzer ab.

Hinter ihm quietschten Reifen auf Asphalt und augenblicklich erfolgte ein infernalisches Hupkonzert.

Unberührt von dem von ihm verursachten Verkehrstau meinte er: „Okay, Baby, vielleicht hast du recht und Boy steckt in der Zwickmühle und braucht Hilfe. Sieh also zu, wie du ihm beistehen kannst. Nimm die U-Bahn, da bist du am schnellsten in der Greenpoint Avenue."

Hastig küsste ihn Anett auf die Wange und hüpfte aus dem Wagen.

Inzwischen war der hintere Fahrer ausgestiegen und nach vorne gekommen. Missmutig klopfte er an die Seitenscheibe von Borns Porsche.

Erwartungsvoll kurbelte Born das Fenster herunter.

Lautstark pöbelte der Mann ihn an: "He, du Penner, wer bist du? Der King vom Broadway? Mach endlich die Straße frei und verpiss dich, bevor ich deinen Angeberschlitten über den Randstein schiebe!"

„Sorry, Mann!" seufzte Born, legte den Gang ein und trat auf das Gaspedal.

Zu spät sprang der Dunkelhäutige zurück. Er schrie wie am Spies, als die Räder über seine spitzen Lackschuhe rollten.

Im Rückspiegel sah Born den Mann, wild wie Rumpelstilzchen, auf und nieder hopsen und die Fäuste schwingen.

Nach gut dreißig Minuten erreichte Born die 23 Dry Habor Road. Die Adresse entpuppte sich als schmuckes Einfamilienhaus mit gepflegtem Vorgarten. Eingereiht zwischen vielen gleichaussehenden schmucken Einfamilienhäusern.

Er stellte den Wagen in der Garagenzufahrt ab, holte aus dem Handschuhfach die Ersatzpistole, eine sechsschüssige Springfield und steckte sie in den Hosenbund.

Er ging an das Gartentor und läutete.

Die Glocke bimmelte hörbar im Hausinnern. Aber es zeigte sich niemand.

„Die Eigentümer sind nicht daheim", sprach ihn unerwartet ein älterer Mann vom Nachbarsgrundstück an.

Born hatte den neugierigen Anwohner hinter dem Zaun gar nicht gesehen.

„Ich denke die Teens müssten aber zuhause sein", plauderte der Alte. „Schellen Sie nochmal, Mister. Bestimmt haben die Kids die Kopfhörer aufgesetzt und sind von der Negermusik ganz taub."

Wiederholt klingelte Born. Doch es tat sich weiterhin nichts.

„Ich bin vom Elektrizitätswerk", erklärte er dem Alten und kletterte über das Gatter.

„Und fahren einen Porsche?", hörte er die zweifelnde Frage.

Ohne darauf zu antworten, ging Born über den mit Mosaiksteinen gefliesten Weg zu Hausportal. Eine verschnörkelte Eichentür mit gelben Butzenscheiben.

Er spürte im Rücken die misstrauischen Blicke des Nachbarn.

Wachsam schlenderte Born um das Haus. Der rückwärtige Garten bot einen weit weniger gepflegten Eindruck.

Hier wucherte Unkraut und kniehoch sprießendes Gras, umgeben von struppigem Gebüsch. Schimmelspuren im Mauerwerk, abblätternder Verputz, verwitterte Fensterläden.

Im hinteren Bereich der Terrasse hing eine verrottete Tischtennisplatte an einem rostigen Eisenhaken. Am Steinboden lagen zusammengeklappte Plastikstühle, umgestürzte, gebrochene Blumentöpfe mit ausgelaufener Erde.

Jeck Born versuchte durch das verschmierte Terrassenfenster in das Wohnzimmer zu sehen. Zuerst erblickte er nichts Besonderes. Biederes Mobiliar, Couch, Tisch, Sesselgruppe, bunte Perserteppiche auf stumpfen Parkett.

Dann glaubte er ein nacktes, blutiges Bein unter dem Marmortisch zu erkennen.

Um ein besseres Sichtfeld zu erhalten, wechselte er ein wenig den Standort, wischte mit dem Jackenärmel die Fensterscheibe ein bisschen sauberer und drückte seine Nase platt.

Die Befürchtung bewahrheitete sich. Unter dem Tisch lag bäuchlings eine unbekleidete Frau oder Mädchen.

Er fluchte, zog das Sakko aus, wickelte es um den Ellenbogen und zertrümmerte das Glas der Terrassentür, griff nach dem Kipphebel.

Das nackte Mädchen am Boden rührte sich nicht. Der billige Teppich unter dem Körper war vom Blut getränkt. Der schmale Arm schien sich nach dem Telefon auf der Tischplatte zu strecken. Doch er hatte es nicht geschafft.

Eigentlich war Jeck Born ein hartgesottener Detektiv. Ein Mann, der glaubte, dass ihn nichts so schnell aus der Fassung bringen konnte. Einer der glaubte, schon alles gesehen zu haben.

Diesmal traf es ihn knüppelhart und er musste erst mal schlucken. Er war dermaßen schockiert, dass er den Blick abwenden musste.

Noch nie hatte er einen derartigen barbarisch verletzten Frauenleib gesehen. Da waren zahllose Stichwunden im Körper und literweise ausgelaufenes Blut. Hier hatte ein grausamer Berserker gewütet.

Nur mit Mühe überwand Born den Schrecken und kniete nieder. Er tastete nach der Halsschlagader der Schwerverwundeten und fühlte einen Puls. Unendlich schwach und langsam. Das war wie ein Wunder. Das Mädchen lebte.

Rasch griff er zum Tischtelefon und verständigte einen Notarzt.

Nachher hetzte er in die Küche, fand einen Stapel Geschirrtücher im Hängeschrank und versuchte damit notdürftig die klaffenden Wunden der Niedergestochenen zu verbinden.

Ihm verblieb nicht mehr viel Zeit bis zum Eintreffen des Krankenwagens. Höchstens Zehn Minuten.

Wo war Dean Stanton?

In der Küche musste ein gnadenloser Überlebenskampf stattgefunden haben. Umgeworfene Stühle, zerbrochene Teller und Tassen, vergossener Kaffee und blutverschmiert Abdrücke nackter Fußsohlen auf den sandfarbenen Fliesenboden.

Mit der Pistole in der Hand folgte Born den verräterischen Spuren.

Er spürte, dass Dean Stanton nicht weit sein konnte.

Fünf Minuten noch.

Die blutige Fährte zog sich über die Holztreppe. Hoch zu den oberen Gemächern. Sie endete vor dem Badezimmer. Rotgefärbte Türklinke.

Das Bad war verriegelt.

Born lauschte am Türblatt. Kein Geräusch im Inneren.

„Dean Stanton?" fragte er laut.

Keine Antwort.

Er steckte die Pistole ein, ging ein paar Schritte zurück, schützte mit den Armen das Gesicht und sprang mit vollem Körpereinsatz gegen das dünne Furnierholz. Ein Krachen und Bersten, ein Splitter ritzte ihm die Wange auf, dann war er durch.

Er purzelte ins Bad, stürzte aber nicht, zog pfeilschnell die Waffe und zielte auf den Mann in der Wanne.

Doch er musste nicht mehr schießen und er senkte die Mündung.

Friedlich badete Dean Stanton. Sein Kopf ruhte auf dem Wannenrand. Das picklige Gesicht schien ganz entspannt und ein leichtes Lächeln spielte auf den schmalen Lippen. Es sah aus, als wäre er eingeschlafen.

Ruhig umfloss dunkelrotes Wasser den ausgemergelten Körper. Ein Arm hing über das Becken und die Finger umklammerten ein bluttriefendes Messer.

Born näherte sich der Badewanne. Unter den Schuhsohlen knackte das brechende Türholz.

Auf der Wasseroberfläche schwamm ein kreidekurzes, aufgequollenes Fleischstück.

Es war Dean Stantons Penis.

In Borns Augen spiegelte sich nicht das geringste Mitleid.

Der mutmaßliche Mörder hatte sich in letzter Konsequenz selbst gerichtet, indem er sich mit der Klinge entmannte. Letztendlich war er langsam und elend verblutet.

Sein Selbstmord war sein bester Mord.

„Okay, das war's!", sagte Born abschließend zu sich und ging rückwärts aus dem Bad.

Von Irgendwoher heulten Sirenen der herannahenden Ambulanz.

Er hastete nach unten ins Erdgeschoss und schaute nach dem Mädchen. Den Kampf ums Überleben hatte es noch nicht verloren. Die durchweichten Stofftücher konnten den Blutverlust etwas stoppen.

„Halte durch, Kleines!", appellierte er und wusste, dass ihn die Verletzte hören konnte. „Gleich wird dir geholfen. Du wirst leben!"

Er marschierte durch die Vordertür.

Nach wie vor weilte der weißhaarige Alte am Gartenzaun und beobachtete das Geschehen.

Mit hochdrehenden Motor und rotierenden Blaulicht raste der Krankenwagen heran. Noch bevor der Transporter endgültig zum Stehen kam, hüpften die zwei Beifahrer aus dem Führerhaus, rannten nach hinten, warfen die Hecktüren auf, rollten eine fahrbare Tragbahre heraus und hetzten damit zum Haus.

„He, Jungs! Die Verwundete liegt im Wohnzimmer!", rief ihnen Born entgegen. „Beeilt euch, sonst stirbt sie euch unter den Händen weg!"

Nicht weit entfernt jaulten jetzt auch Polizeisirenen.

Doch da saß Jeck Born bereits im Porsche und brauste davon.

Er zündete eine Zigarette an und sprach mit sich selber: „Ab in die Greenpoint Avenue! Jetzt retten wir Boy aus der Patsche und mit etwas Glück sind wir um acht Uhr bei Mama Rosa und treffen unsere schöne Unbekannte. Lets Go!"

***

Eine Hundertschaft von Bereitschaftspolizisten belagerte das 42. Haus in der Greenpoint Avenue.

Als Anett McCormick von der Rolltreppe aus dem tiefen U-Bahnschacht nach oben getragen wurde, plätscherten die ersten dicken Regentropfen vom graubehangenen Himmel.

Sie wollte durch die polizeiliche Absperrung, aber ein uniformierter Cop verbaute ihr den Weg.

„Sorry, schöne Frau!", sagte er gutmütig. „Sie können nicht in das Gebäude. Dort lauert ein Bösewicht, den wir einfangen müssen."

„Ich bin Detektive McCormick, Sie Witzbold", entgegnete sie. Um ihre Haare vor dem Regen zu schützen, hielt sie die Jacke über den Kopf.

Der Wachposten musterte sie freundlich: „Tut mir leid, McCormick. Ich habe meine Befehle. Zeigen Sie mir die Dienstmarke!"

„Wer ist Ihr Vorgesetzter?", fragte sie.

„Captain Hoogan!"

„Prima! Dann bringen Sie mich zu ihm, Officer! Ich muss dringendst mit ihm sprechen."

Captain James Hoogan, ein kleiner, übergewichtiger Mann, um die sechzig Jahre, ärgerte sich gerade maßlos über das schlecht funktionierende Funkgerät in seinem Dienstfahrzeug.

Durch den prasselnden Gewitterschauer rannten eine Frau und ein junger Polizist auf ihn zu. Die Frau erkannte er sofort und schickte ihr eine Verwünschung entgegen: „Heilige Elefantenpisse! McCormick, Sie fehlen mir gerade noch zu meinem Glück! Was wollen Sie hier? Soweit ich informiert bin, haben Sie heute Vormittag den Dienst quittiert! Scheren Sie sich also zum Teufel!"

„Ich freue mich auch Sie zu sehen, Captain", lächelte Anett. Sie behielt weiterhin die durchtränkte Jacke über das Haupt und fühlte sich wie ein begossener Pudel.

Bevor Hoogan antworten konnte, sagte sie schnell: „Ich habe eine erfreuliche Nachricht für Sie, Captain. Der Killer, der die jungen Mädchen an den Flussufern tötete, heißt Dean Stanton und wohnt in Queens. Jeck Born ist unterwegs dorthin. Er könnte sicherlich ihre Unterstützung gebrauchen."

So rapid wie der Regenguss eingesetzt hatte endete er auch und Anett wrang das nasse Sakko aus.

Die Luft war unangenehm kühl.

Abfällig murrte der Polizeichef: „Was verzapfen Sie für einen Blödsinn, McCormick? Sie kennen den Mörder der ermordeten Teenager? Das soll ich Ihnen abkaufen?"

„Das ist kein Blödsinn, Captain. Glauben Sie mir! Beordern Sie ein Einsatzteam in die 23. Hobar Street und helfen Sie Jeck!"

Ungehalten riss Hoogan das Funkgerät aus der Halterung am Armaturenbrett, drückte die Sprechtaste und bellte hinein: „Bill und Joe! Ihr fährt sofort in die 23. Hobar Street. Dort versteckt sich ein gesuchter Mordverdächtiger. Schnappt den Kerl, Jungs, aber keinen Leichtsinn. Ich will keinen Mann verlieren. Habt ihr das kapiert? Antwortet gefälligst!"

„Verstanden, Chief! Wir sind schon auf den Weg! Ende!" kratzte die Stimme aus dem Mikrofon.

Hoogan hängte das Gerät wieder ein und sendete einen Unheil verheißenden Blick auf die vor ihm stehende Frau, mit der regennassen Jacke in den Händen.

„Wenn das ein faules Ei ist…!"

Respektlos ignorierte Anett die unausgesprochene Drohung und machte eine weitausholende Handbewegung, die den ganzen besetzten Platz einschloss.

„Wozu dient eigentlich dieses Spektakel? Und wofür diese versammelte Armee? Eroberte eine Terroristentruppe das Gebäude? Oder was ist los?"

„Spielen Sie nicht die Unwissende, McCormick! Sie sind doch nur hier, weil Sie Angst um diesen Detektiv Welden haben, der sich dort drin verschanzt haben soll!"

Hellauf lachte sie: „Ich werde verrückt! Was für ein Aufmarsch für einen einzigen Mann. Ich fasse es nicht. Und wahrscheinlich ist Sergeant Brooker auch im Haus, richtig?"

„Ja, er turnt mit Phill Steel irgendwo herum."

Erbost raufte Anett ihre feuchten Haare.

„Boy hat Vanessa Hush nicht getötet! Auch wenn die Indizien gegen ihn sprechen", erregte sie sich. „Aber der verbohrte Brooker will das nicht wahrhaben! Er hasst Boy und wird ihn umbringen, sobald er die Gelegenheit dafür bekommt!"

„Brooker wird nur zur Waffe greifen, wenn sich Welden der Verhaftung widersetzt!"

„Unsinn! Captain, Sie wissen genau, dass Brooker sofort schießen wird! Egal ob Boy eine Waffe trägt oder nicht!"

„Das ist eine Unterstellung, McCormick! Brooker ist ein harter, aber korrekter Beamter! Er ist mein bester Mann!"

Wachsam sah der Polizeichef die aufgebrachte Anett an: „Was ist los mit Ihnen, McCormick? Wenn Welden unschuldig ist, warum stellt er sich nicht? Wieso verteidigen Sie ihn so vehement? Ist er es wert, dass Sie für ihn den Job aufgeben und einen Kollegen diffamieren? Welden ist ein mutmaßlicher

Frauenmörder und Brooker und sein Gefolge werden ihn festnehmen und vor Gericht bringen. Und danach haben die Geschworenen das Wort!"

„Dummes Gerede!"

„Mäßigen Sie Ihren Ton, McCormick", wies Hoogan sie zurecht. „Vergessen Sie nicht mit wem Sie reden!"

Sogleich entschuldigte sich Anett: „Sie haben recht, Captain. Es tut mir leid!" Trotzig fügte sie hinzu: „Dennoch bin ich von Boys Unschuldig überzeugt!"

„Das ehrt Sie, aber alle Fakten sprechen dagegen!"

Um das Thema zu wechseln, deutete Anett zu dem Wolkenkratzer und fragte wie beiläufig: „Auf welcher Etage wohnte Vanessa Hush?"

Gedankenlos sagte Hoogan: „Auf der 30ten!"

Prompt marschierte Anett los.

„He, McCormick! Wo gehen Sie hin?"

Sie achtete nicht auf Hoogans Ruf und steuerte direkt das Gebäude an.

„Zur Hölle mit Ihnen, McCormick! Bleiben Sie stehen! Das ist ein Befehl!"

Aber Anett ließ sich von der schreienden Stimme nicht aufhalten.

Der unerfahrene Streifenpolizist fragte den erzürnten Polizeichef: „Soll ich die Frau zurückholen, Captain?"

Hoogans Gesicht färbte sich dunkelrot vor Wut: „Laufen Sie ihr hinterher, Mann! Oh, verdammt! Und geben Sie ihr die Dienstpistole! Dieses störrische Frauenzimmer ist ja nicht einmal bewaffnet!"

***

Der Mann im grauen Leinenanzug erlaubte sich keinen Fehler und ließ Steven B. Welden nicht den Hauch einer Chance.

Unmissverständlich befahl er ihm neben dem Couchtisch Platz zu nehmen.

„Jemand sollte die Fenster öffnen", sagte Welden und sackte in den Ledersessel.

Schweigsam platzierte sich der Cop gegenüber. Er legte den Revolver auf das Knie und massierte seine Fingerknöchel.

Bedrückende Schweigsamkeit breitete sich aus.

Unauffällig schielte Welden auf die Tischplatte. Das Rauchertablett mit der quarzsteinernen Zigarettenschatulle befand sich immer noch dort.

Er erinnerte sich an seinen ersten Besuch bei Vanessa, als er rauchen wollte und den Deckel anhob und er statt einer Zigarette eine einschüssige Miniaturpistole vorfand. Nun fragte er sich, ob die Waffe weiterhin in dem Kästchen lag oder ob sie bei der polizeilichen Spurensuche beschlagnahmt wurde.

„Respekt, Lieutenant, sie sind die Erfolgsleiter hochgefallen", unterbrach Welden die Grabesstille. „Sie wurden befördert. Ich kannte Sie als einen exzellenten Polizisten. Was ist passiert und hat Sie aus der Bahn geworfen? Warum töteten Sie Vanessa Hush? Sie haben sie doch getötet, nicht wahr?"

Munter redete Welden drauflos. Er musste Zeit gewinnen. Vielleicht kehrten die beiden Cops zurück, die ihn über die Etagen hetzten. Eventuell tauchte auch Vivien und ihr Freund Jerry auf.

Welden brauchte einfach nur Zeit.

Das Gesicht Phill Steels, Lieutenant der New Yorker Mordkommission, wirkte wie aus Stein gemeißelt. Der farblose Mund bildete zwei schmale Balken und nur die schwarzen Augen lebten.

„Vanessa war doch bloß eine Hure", redete Welden weiter. „eine von vielen. Sie war nichts Besonderes. Warum haben Sie die Frau umgebracht, Phill? Das war doch nicht nötig. Damit haben Sie sich alles kaputt gemacht. Ihr Leben, Ihre Karriere, Ihre Zukunft?"

„Du plapperst wie ein altes Waschweib", sagte Steel kalt und warf Welden unverhofft ein paar Handschellen in den Schoß. „Leg dir die Dinger an!"

Verdammt, wenn ich das tue, bin ich endgültig verloren, dachte Welden.

Jedoch hatte er keine Wahl.

Phill Steel zielte mit dem Colt auf ihn. „Ich wiederhole mich nicht gern!"

„Eine Zigarette? Darf ich noch eine rauchen?" Welden zeigte auf die kleine Schatulle.

Ablehnend sagte Steel: „Spreche ich undeutlich? Zum letzten Male, lege dir die Handschellen um, Mr. Welden. Oder ich erschieße dich einfach so!"

Umständlich band Welden die Stahlringe um die Handgelenke.

„Klick!" Er war gefangen. Trotzdem durfte er nicht aufgeben. Noch lebte er. Er musste Fragen stellen. Zeit herausschinden.

Er fragte: „Warum erzählen Sie mir nicht, wie Sie zum blutrünstigen Barbaren wurden, Lieutenant? Und warum verschonten Sie mich in der Mordnacht?"

Höhnisch lachte Phill Steel auf und erwiderte dann: „Damit du nicht dumm sterben musst, werde ich dir die Geschichte erzählen. Denn hinterher schieße ich dir eine Kugel in den Schädel, feuere aus einer zweiten Kanone ein Loch in die Tapete, befreie dich von den Handfesseln und drücke dir die rauchende Knarre in die Hand. Die Sache ist sonnenklar. Man wird im Treppenhaus zwei Schüsse registrieren. Ich werde danach aussagen, du hättest dich der Festnahme entzogen und auf mich geschossen. Zum meinem Glück ging die Kugel daneben und schlug in der Tapete ein. In Notwehr ballerte ich zurück und verletzte dich tödlich. Niemand wird mir einen Vorwurf machen. Im Gegenteil! Alle werden mir gratulieren, dass ich überlebte!"

„Guter Plan!", lobte Welden.

Und die Zeit wurde weniger.

„Die Story ist schnell erzählt", sagte Phill gedankenschwer. „Alltäglich und banal. Der Cop und die Nutte. Ich musste vor vielen Wochen Vanessa Hush die Nachricht vom Tod ihrer Tochter Patrizia überbringen. Vanessa war eine ungewöhnliche Frau. Sie war edel, warmherzig und sehr erotisch. Im Laufe der Ermittlungen häuften sich meine Besuche bei ihr. Sie wollte meinen Schutz und meinen Trost."

Die gefesselten Hände von Welden streckten sich über den Tisch und zogen das runde Tablett Zentimeter für Zentimeter zu sich heran.

Entweder bemerkte Steel das nicht oder es war ihm egal.

Monoton sprach er weiter: „Ab irgendeinem Zeitpunkt war der Ablauf der Dinge nicht mehr in meiner Hand. Ich wurde Vanessa hörig. Für den ersten Fick verlangte sie noch Geld von mir. Aber das spielte keine Rolle mehr. Vanessa war das geilste und sinnlichste Weib, das ich je bumste. Ich verfiel ihr mit Haut und Haaren. Ich vernachlässigte Ehefrau und Kinder und konnte mich nicht mehr auf den Job konzentrieren. Es gab nur noch Vanessa und Sex. Ich schwebte zwischen Himmel und Hölle. Vanessa wollte ihr Gewerbe jedoch nicht aufgeben. Sie schlief weiterhin mit anderen Männern. Ich drehte bald durch vor Eifersucht. Dann folgte der 22. März. Es war bereits 4 Uhr morgens. Ich hatte eine lange anstrengende Nachtschicht hinter mir und wollte nicht nach Hause, sondern ging zu Vanessa. Aber..aber sie war nicht allein. Sie schlief mit einem anderen Mann. Mit dir! Ich liebte sie mehr als mein Leben und was tat sie? Sie vögelte mit dir!"

Schmerzüberwältigt von der Erinnerung wandte Steel den Kopf ab.

Da klappte Welden den Schatullendeckel hoch und die Hände zitterten.

Just in diesem Moment blickte ihm Steel direkt in die Augen.

„Nur noch eine Zigarette, Lieutenant, eine letzte Zigarette", sagte Welden heiser. Winzige Schweißperlen glänzten auf seiner Stirn.

„Du schwitzt ja Blut und Wasser", diagnostizierte Steel. „Dir geht ganz schön die Düse, was? Das freut mich."

Er massierte die Schläfen und sprach dann weiter: „Irgendwie rastete ich aus. Als ich wieder in der Realität zurückkehrte, war Vanessa tot und meine Hände voller Blut. Ich sah dich am Boden liegen und mein erster Impuls war, auch dich zu töten. Aber ich beruhigte mich langsam und hatte eine bessere Idee. Ich würde meinen Männern gleich Vanessas Mörder auf dem Servierbrett liefern. Nämlich dich, Steven B. Welden."

„Clever ausgetüftelt! Ihre Kollegen fanden mein Flugticket, die Armbanduhr und unzählige Fingerabdrücke von mir. Es würden keinerlei Zweifel an meiner Schuld aufkommen. Aber da war noch Vivien. Warum sollte sie sterben?"

„Das Mädchen wusste von mir. Sie ertappte mich bei Vanessa auf der Couch. Meine Polizeimarke lag auf dem Tisch. Ich musste annehmen, dass sich Vivien nach dem Tod ihrer Mutter möglicherweise an mich erinnerte."

„Aber der Hinweis am Badespiegel warnte mich doch und veranlasste mich nach Vivien zu suchen."

Gleichmütig sagte Steel: „Im Nachhinein war es ein Fehler ihren Namen auf den Spiegel zu kritzeln. Zuerst hielt ich dies für einen grandiosen Einfall."

Leise klirrten die Handschellen, als Welden in das Kästchen hinein tastete.

„Und Emil Lach?", fragte er nach. Er fingerte in den Zigaretten herum. Verdammt, wo war die Pistole?

„Ein Kollateralschaden", erwiderte Steel. „Ich erhielt die Adresse von einem Tanzgirl. Das dicke Arschloch war zur falschen Zeit am falschen Ort. Die Kugel in seinem Kopf stammt übrigens aus dem Colt, dem man bei dir finden wird. Der Beweis, dass du auch Lach erschossen hast."

„Dann müssen Sie auch Kathy Breuer töten. Auch sie ist eine Zeugin!"

„Das muss dich nicht mehr kümmern, Mr. Welden", sage Steel und hob den Revolver. „Tut mir leid, keine Zeit für eine letzte Zigarette!"

Die Galgenfrist war um. Welden musste handeln.

Irgendwie bekam er doch noch die winzige Pistole zu fassen. Die Zigaretten flogen im hohen Bogen aus der Schatulle. Mitsamt der Waffe katapultierte er sich mit dem Sessel nach hinten weg.

Übereilt schoss Steel und Welden verspürte einen stechenden Schmerz an der Schulter.

Wütend über den Fehlschuss fletschte der Cop die Zähne.

„Ich kriege dich schon, du Hurenbock!"

Abermals feuerte er. Die Kugel bohrte sich in den Polsterlehne hinter der Welden Deckung suchte.

Rigoros räumte Steel das Hindernis beiseite und zielte auf den schutzlosen Detektiv, der sich verzweifelt aus der Schusslinie kugelte und bemüht war die Pistole nicht zu verlieren.

Wieder schoss Steel daneben.

„Du sollst dich nicht bewegen!", schrie er und die Augen glühten wie glimmende Kohlen.

Erneut traf er nicht.

Impulsiv wälzte sich Welden auf den Rücken und reckte die gefesselten Hände mit der Waffe nach oben. Mit der Gewissheit, dass er nur eine einzige Patrone im Lauf hatte, drückte er den Abzug.

Scharf und hell entlud sich die Kammer.

Das kleine Projektil schlug in Steels Brust ein.

Mehr erstaunt als erschrocken begutachtete der Cop den immer größer werdenden roten Fleck auf seinem makellos weißen Nylonhemd.

„Was hast du getan?", murmelte er.

Wehrlos lag Welden auf dem schmutzigen Teppichboden. Die nutzlose Waffe in den Händen und aus der verwundeten Schulter sickerte Blut.

Die letzte Chance vertan und keine Zeit mehr.

Langsam sackte Phill Steel neben Welden in die Knie und presste ihm den Revolverlauf an die Schläfe.

„Du hast schlecht gezielt und schlecht getroffen!"

„Ja, ich weiß", sagte Welden resignierend.

„Hast du bezahlt für den Fick mit Vanessa?"

„Was?" fragte Welden, überrascht über die Frage.

„Wie viel musstest du bezahlen, damit Vanessa mit dir schlief?"

„Oh, Mann", sagte Welden. „Du hast Vanessa gekillt, du hast Emil Lach exekutiert, du wirst mich töten. Was plagen dich da noch die Sorgen, ob Vanessa Geld von mir verlangte!"

„Für mich ist das wichtig! Was wollte die Schlampe für ihre Liebesdienste? Fünfzig Mäuse? Hundert Mäuse?"

„Lass mich in Frieden, Bulle!" sagte Welden.

Steel nickte: „Okay, Schnüffler! Verabschiede dich aus dieser Welt!"

Bevor er den Revolver betätigen konnte, sprengte jemand mit einem berstenden Krachen die Wohnungstür aus den Angeln.

Irritiert blickte Steel zu offenen Eingang.

Sergeant Sam Brooker und Police Officer Jim Lure stürmten mit gezückten Dienstwaffen in das Zimmer. Dicht hinter ihnen folgte Anett McCormick.

Alle drei richteten die Revolver auf den knienden Phill Steel.

„Weg mit der Kanone, Lieutenant oder ich puste ihr Gehirn an die Wand!" schrie Anett.

Doch Steel blieb eiskalt. Sein Colt an Weldens Schläfe wackelte keinen Millimeter.

„Schießen Sie, McCormick, und ihr Freund macht den letzten Atemzug!"

„Ballere der Ratte das Licht aus!", forderte Welden laut.

„Du schweigst!", zischte Steel. „Sonst bist du ein toter Mann!"

Er verstärkte den Revolverdruck.

Daraufhin schwieg Welden.

Der näherkommende Sam Brooker sagte behutsam: „Stecken Sie die Knarre ein, Lieutenant. Der Mann ist kampfunfähig. Wenn Sie ihn töten ist es Mord."

Warnend erwiderte Steel: „Ich bin Ihr Vorgesetzter, Brooker! Schon vergessen? Sie behindern eine Festnahme. Gegen Welden läuft ein Haftbefehl! Er wollte mich abknallen und schoss mir eine Kugel in die Brust."

„Das war Notwehr", verteidigte sich Welden. „Steel ermordete Vanessa Hush und Emil Lach und will mir die Taten in die Schuhe schieben!"

„Halte deine Schnauze, Mann!", raunte ihm Steel zu. Hinter seiner Stirn rumorte es. Er musste scharf nachdenken.

Auch Anett McCormick näherte sich.

„Bleiben Sie ruhig, Lieutenant! Keine voreiligen Aktionen! Legen Sie das Eisen ab!"

Sie richtete die Waffe auf den knieenden Officer. Ihre Nerven waren zum Zerreißen gespannt.

Schritt für Schritt verringerte sie den Abstand. Bis sie vor Brooker und neben Steel stand. Schnell riskierte sie einen Seitenblick auf Welden.

Über dessen Stirn rannen einige Schweißtropfen. Das Antlitz war bleich und kantig und die gletscherblauen Augen zeigten keinerlei Empfindungen.

Hastig konzentrierte sich Anett wieder auf den Lieutenant.

Sie beugte sich über ihn und drückte ihm nun ebenfalls die Revolvermündung an den Kopf.

Eine bizarre Situation.

Zwei Männer, jeder hatte eine Schusswaffe an der Schläfe, und beide warteten auf den Urknall.

Welden stellte das Atmen ein.

Von der anderen Seite pirschte sich Brooker heran.

Jim Lure wachte im Hintergrund.

Anetts Mund berührte fast Steels Ohr, als sie ihm zuflüsterte: „Überlegen Sie gut, Lieutenant. Erschießen Sie Boy, dann ist auch ihr Leben verwirkt. Ich werde Sie liquidieren und niemand auf diesen Planeten kann Sie retten!"

Gequält lachte Phill Steel: „Sie bluffen, McCormick! Niemals riskieren Sie den Tod ihres Freundes!"

„Ach ja? Wollen Sie darauf wetten?"

Es klickte leise, als Anett den Colthahn spannte.

Wider Erwarten kapitulierte Steel und senkte die Waffe.

Pfeifend atmete Welden aus.

Unbewegt ließ sich Steel von Brooker den Revolver abnehmen.

Er richtete sich hoch. Der Blutverlust schwächte ihn merklich und er murmelte: „Ihr könnt mir nichts anhaben. Welden ist der Mörder und die Beweise seiner Schuld sind eindeutig."

Auf dem Teppich hockte Welden und holte tief Luft. Er war noch einmal davongekommen und dem Teufel von der Schippe gesprungen.

Bittend sagte Steel zu Brooker: „Keine Handschellen, Sergeant. Ersparen Sie mir diese Demütigung!"

„In Ordnung, Chief", antwortete sein Untergebener. „Ich denke, wir können darauf verzichten!" Und er ließ die Stahlfesseln am Gürtel hängen.

Währenddessen kauerte sich Anett zu Welden, nahm sein leichenblasses Gesicht in beide Hände und küsste ihn sanft.

„Du hast mir das Leben gerettet, Lady", sagte er leise. „Ich war so gut wie tot."

„Ich weiß, Mister Welden. Du wirst ewig in meiner Schuld stehen!"

Sie küsste ihn ein zweites Mal. Dann er schrak sie. „Mein Gott, du blutest ja!"

„Halb so schlimm. Nur ein Kratzer", beschwichtigte er. Dabei beobachtete er wie Sam Brooker den verletzten Lieutenant aus der Wohnung bringen wollte. Siedend heiß erinnerte sich Welden.

„Vorsicht, Brooker", rief er. „Der Bastard hat noch eine zweite Kanone!"

Die Warnung kam zu spät. Wuchtig landete Steels Faust im Gesicht des verdutzten Sergeanten. Der ruderte verzweifelt mit den Armen und krachte in den Wohnzimmerschrank hinein. Unter seinem Gewicht zerbarst das massive Eichenholz.

Aus dem Sakko zauberte Steel einen 44er Colt und zielte auf Welden.

Für Brooker war es unmöglich einzugreifen. Er hatte genug mit sich selbst zu tun. Seine Waffe befand sich im Schulterholster. Meilenweit von seiner Hand entfernt.

Neben Welden kniete Anett und ihr Revolver steckte im Hosengürtel am Rücken. Auch unerreichbar.

Und Cop Jim Lure, der am gewaltsam geöffneten Wohnungseingang stand, wusste nicht, was er tun sollte. Er zögerte. Die Hemmung auf seinen Vorgesetzten zu schießen war zu groß.

„So long, großer Detektiv!" höhnte Steel.

Warum bin ich nicht in Kanada geblieben, dachte Welden irrwitzig und warf sich als lebendiges Schutzschild über Anett und versuchte trotz der Ungelenkigkeit der gefesselten Hände an ihren Revolver zu kommen.

Jetzt glaubte Jim Lure eingreifen zu müssen. Unüberlegt sprang er auf den Lieutenant zu.

Instinktiv schwenkt Steel die Waffe und schoss.

Das Blei erwischte den beleibten Polizisten mitten im Sprung.

Zwischenzeitlich hatte sich auch Sam Brooker aus den Schranktrümmern heraus gewühlt und griff zur Dienstwaffe.

Aber wieder drehte sich Steel blitzartig und feuerte.

Getroffen wankte Brooker in den demolierten Schrank zurück und aus der Wunde am Hals strömte das Blut.

Vergebens bemühte sich Welden den Revolver aus Anetts Hosengürtel zu reißen. Doch die Kimme verhedderte sich in ihrem Hemd. Der Frauenkörper zitterte wie Espenlaub unter ihm.

Noch wollte Welden sich nicht eingestehen, dass alles vorbei sein sollte.

Breitbeinig stand Steel über ihnen und war bereit für den finalen Schuss.

Pure Verzweiflung erfasste Welden. Seine Finger krallten sich um den Revolverkolben. Ein kräftiger Ruck und Anetts Bluse zerfetzte und die Waffe kam frei.

Kurz keimte Hoffnung in ihm auf.

Er rollte über die Schulter ab und glaubte schon er könnte es schaffen.

Er war verteufelt schnell und trotzdem reichte es nicht.

Machtlos glotzte er in das große Mündungsloch, dahinter unscharf die triumphierende Miene von Phill Steel.

Dann peitschte von irgendwoher ein Schuss auf und Welden erwartete den Schmerz der eindringenden Kugel und spürte nichts.

Ein wenig verwundert beobachtete er, wie Steel der Colt aus der Hand geprellt wurde.

Entgeistert stierte der Lieutenant auf das blutige Loch in seinem Handrücken.

Weiterhin nichts begreifend, verrenkte Welden den Hals.

Wie Phönix aus der Asche erschien Jeck Born zwischen Tür und Angel. In der Faust die rauchenden Revolver.

Er trat zu dem Lieutenant und beförderte dessen Waffe mit einem Fußtritt unter den Diwan.

Danach half er Anett McCormick auf die Beine.

Breit grinsend sagte er zu dem auf dem Boden hingestreckten Welden: „Hey, alter Knabe, erhebe deinen morschen Körper. Die Show ist vorbei!"

Gespielt abfällig konterte der: „Wo, verdammt noch mal, hast du dich so lange rumgetrieben? Wieso tauchst du jetzt erst auf?"

Das Grinsen im verbeulten Gesicht verstärkte sich nur: „Tut mir leid, Alter! Ich wurde aufgehalten!"

Umständlich raffte sich Welden hoch. Unsicher stakste er auf Phill Steel zu.

Auch dieser stand auf wankelmütigen Füßen. Der blutige Fleck auf seinem Hemd hatte sich bereits über den Brustkorb ausgebreitet. Auch die durchgeschossenen Hand blutete stark.

Dennoch blieben die Augen fischkalt.

Heißer Zorn verschleierte Weldens Verstand und bevor ihn jemand zurückhalten konnte, schlug er unbeherrscht die gefesselten Fäuste in Steels Magengrube. Als der Geschlagene nach vorne einknickte, fällte ihn Welden mit einem mächtigen Aufwärtshaken.

Blind vor Rage wollte er auf den Liegenden eintreten, da packte ihn Jeck Born von hinten und zerrte ihn weg.

„Beruhige dich, Boy! Du schlägst ihn ja tot!", redete der auf ihn ein. „Das ist der Kerl nicht wert. Er kann dir nichts mehr anhaben."

Wie ein geprügelter Hund windete sich Phill Steel und spuckte Blut und Zähne aus. Die Hosenbeine waren ihm hochgerutscht und deutlich konnte man die unterschiedlichen Socken sehen. Links ein Gelber, rechts ein Grüner.

„Scheißkerl!" knirschte Welden.

„Alles okay, Old Boy?" fragte Born, der ihn weiter von hinten umklammerte.

„Sicher, alles bestens", log Welden. Innerlich fühlte er sich total ausgebrannt. Zweimal konfrontierte er mit dem Tod. Beide Male hatte er um Haaresbreite überlebt. Er war erst knapp über 30 Jahre alt, aber die letzten Minuten war er um hundert Jahre gealtert. Vielleicht sollte er den Beruf wechseln und Rosen züchten.

Heuschreckenartig schwärmten plötzlich bewaffnete Polizisten und emsige Sanitäter in den Raum hinein.

Schnell wurden die Verletzten notversorgt.

Zwei Cops wollten Welden abführen, doch Anett McCormick schritt energisch dazwischen. „Ich bin auch Polizist und dieser Mann gehört mir. Helfen sie lieber ihren Kollegen."

Die beiden Männer schauten sich unschlüssig an.

„Ich weiß nicht…", sagte einer lahm.

„Macht was ich euch befehle", kommandierte Anett. „Bringt die Verletzten nach unten, das andere regele ich!"

Der neben Anett stehende Jeck Born blickte auf seine Armbanduhr und tat überrascht: „Was schon vierten nach sieben? Sorry, aber ich muss dringendst weg, Leute!"

„Was hat der Junge?" erkundigte sich Welden bei Anett. „Warum muss er unbedingt weg? Wo will er hin? Und wie sieht er überhaupt aus? Ist er unter eine Dampfwalze geraten?"

„Das ist ein lange Geschichte, Boy. Ich erzähle sie dir später", wich Anett seiner Frage aus. Sie löste sich von ihm und eilte Born hinterher, der im Begriff war die Wohnung zu verlassen.

Anett hakte sich bei ihm unter und neckte ihn: „Sag mal, lieber Jeck, glaubst du wirklich, deine reizende Telefonpartnerin erscheint zum Rendezvous?"

„Mein beste Anett…", säuselte Born. „Du weißt genau, dass mir keine schöne Frau widerstehen kann."

Polizisten und Krankenpfleger trugen die schwerverwundeten Phill Steel, Sam Brooker und Jim Lure auf Tragbahren davon.

Und urplötzlich stand Steven B. Welden mutterseelenallein in der verwüsteten Wohnlandschaft.

Empört streckte er die gefesselte Handgelenke weit nach vorne und rief lauthals: „He, Anett! Jeck! Oder wer mich sonst noch hört! Wo rennt ihr alle hin? Warum nimmt mir keiner diese gottverfluchten Handschellen ab?"

***

Auf der Greenpoint Avenue ging es zu wie in einem Taubenschlag.

Emsig irrten Polizisten hin und her, unter ihnen naseweise Passanten.

Plärrende Stimmen schallten aus den Funkgeräten, schreiende Befehle, die niemand befolgte, dazu nervtötender Sirenenalarm und kreisende Warnlichter. Das komplette Chaos.

Die Bahrenträger schoben Phill Steel in einen bereitstehenden Krankenwagen. Ein weiterer Transporter brachte Sam Brooker und Jim Lure in ein nahegelegenes Hospital.

Ein freundlicher Cop befreite Welden von den Handschellen und begleitete ihn zur mobilen Ambulanz.

Lapidar meinte der Notarzt, die Blessur wäre nicht lebensbedrohend. Es handelte sich lediglich um einen Streifschuss, der allerdings stark blutete.

Der Doktor klammerte die Wunde, sterilisierte sie und bandagierte einen strammen Verband um die Schulter. Zum Ende der Behandlung injizierte eine Tetanusspritze und Welden wurde es schwarz vor den Augen.

„Das war's, Kumpel! Lassen Sie in vier Tagen den Verband wechseln", wurde er verabschiedet.

Nachfolgend suchte Welden in dem turbulenten Wirrwarr von gestressten Ordnungshütern und gaffenden Zivilisten nach Anett McCormick.

Er fand sie schließlich am Dienstfahrzeug von Captain James Hoogan.

„Wo warst du? Ich habe dich schon vermisst!", begrüßte sie ihn.

„Ach ja? Davon habe ich nichts gemerkt!", murrte Welden. „Du bist einfach mit Jeck fortgerannt!"

Kühl, aber nicht unfreundlich mischte sich Hoogan ein: „Willkommen in New York City, Mister Droublemaker. Sie waren lange Zeit verschollen. Jetzt haben Sie sich eindrucksvoll zurück gemeldet!"

Die Antwort darauf ersparte sich Welden.

Hoogan schien auch keine zu erwarten und fuhr fort: „Die Mordserie an den Flüssen ist wohl aufgeklärt. Wie ich informiert wurde, hieß der Täter Dean Stanton und hat sich selbst getötet. Wir entdeckten unter dem Dachgeschoß, verborgen zwischen altem Gerümpel, die Sozialausweise der Mädchen. Stanton verwahrte die Pässe wohl aus Souvenirs. Sein letztes bedauernswertes Opfer war die eigene Schwester. Er folterte und vergewaltigte sie auf rohste Weise. Die Ärzte wagen zurzeit keine Prognose über ihre Überlebenschance. Doch es sieht nicht gut aus."

„Was ist mit Phill Steel? Was geschieht mit ihm?", fragte Welden direkt.

Hoogan schabte über seinen dunkel sprießenden Tagesbart.

„Schwierig Frage", wich er aus. „Er ist schwer verletzt und wird operiert. Ich muss zuerst genau erfahren, was sich da oben auf der 30. Etage ereignete. Dazu benötige ich die Berichte von Lure und Brooker. Doch das kann dauern, denn auch die beiden sind verwundet worden. Bisher habe ich nur die Aussage von McCormick. Sie behauptet Steel hätte wild um sich geballert. Auch wirft sie ihm vor, die Prostituierte Vanessa Hush erstochen zu haben. Eine ungeheurere Anschuldigung gegen meinen leitenden Angestellten. Bis dato, waren Sie, Mr. Welden unser Hauptverdächtiger!"

„Steel wollte Boy regelrecht exekutieren", erboste sich Anett. „Boy lag am Boden und Steel hielt ihm die Kanone an den Kopf. Brooker und Lure versuchten ihn daran zu hindern und da schoss Steel beide eiskalt nieder."

„Das ist nicht sicher, dass die Männer ihren Chief beschuldigen. Sie werden sich da reiflich überlegen. Außerdem hat Steel eine Kugel in der Brust, die Welden abfeuerte."

„Sollte ich mich widerstandslos abknallen lassen?" wehrte sich Welden. „Ich war mit Handschellen gefesselt, ich war dem Tod so nah wie nie. Hoogan, ihr Lieutenant will mir zwei Morde unterjubeln, die er im Eifersuchtswahn selbst begangen hatte."

„Er wird auf Notwehr plädieren!"

„Unsinn, er kann sich nicht aus der Schlinge ziehen. Das Schießeisen, mit dem er Emil Lach eliminierte, hatte er auch dabei."

„Auch da wird Steel behaupten, er hätte ihnen die Knarre abgenommen."

Düster fragte Welden: „Bin ich nun verhaftet?"

„Nein, aber bleiben Sie in der Stadt", empfahl Hoogan. „Ich werde morgen eine neue unabhängige Sonderkommission bilden. Sie soll die Morde an Vanessa Hush und Emil Lach noch einmal durchleuchten. Wir werden sehen wie weit Steel darin verwickelt ist. Ebenso wird die heutige Schießerei rekonstruiert. Wir müssen die Resultate abwarten und uns gedulden, bis die verletzten Beamten vernehmungsfähig sind."

Aus der Rückbank des Wagens holte Hoogan eine braune Lederjacke und überreichte sie Welden.

„Vermissen Sie ein Kleidungstück? Ein Cop fand sie hinter dem Gebäudeblock unter einer Feuerleiter."

Wortlos nahm Welden die Jacke und wandte sich ab.

Mit großen Schritten holte ihn Anett ein und hielt ihn am Arm fest. „Was ist los mit dir, Boy? Warum läufst du mir davon? Dich wurmt doch was?"

„Es ist nichts", sagte er.

Indessen rückte die Polizeiarmee gruppenweise ab. Die restlichen Cops lösten die Straßensperre auf. Allmählich leerte sich der Vorplatz und nur noch einige unentwegte Zaungäste verfolgten den Abzug.

Welden ging um den Häuserblock in die ruhigere 39the Street, dort wo er den alten Plymouth geparkt hatte.

„Fahr du, ich bin erschöpft", sagte er zu Anett und warf ihr die Autoschlüssel zu.

Beide setzten sich in das Fahrzeug.

Forschend sah Anett ihn an. „Lass uns darüber reden."

„Über was?"

„Ich weiß nicht. Sag du es mir. Irgendwas bedrückt dich. Habe ich dir was getan?"

Er wich ihren Blick aus und starrte durch die Windschutzscheibe. Verdammt, warum war er so introvertiert? Warum war es ihm unmöglich seine Gefühle zu äußern? Das Misstrauen und die Eifersucht belasteten ihn. Aber er würde sich lieber die Zunge abbeißen, bevor er sie nach Frankie fragte.

Er war wirklich bekloppt. Er liebte Anett und konnte es ihr nicht sagen.

„Sieh mich an, Boy! Schau mir in die Augen!", verlangte sie von ihm.
Er drehte den Kopf.

„Warum hast du so wenig Vertrauen zu mir? Unsere Liebe beginnt erst und du machst sie bereits kaputt. Gib uns eine Chance, Boy und rede verdammt noch mal mit mir!"

„Ich habe mit dir nichts zu bereden", blieb er bockig.

„Ich kann das nicht glauben. Du sturer Esel", wurde Anett wütend. „Es geht um Frankie, stimmt's? Dir liegt der Anruf von Frankie im Magen und du hast nicht den Mut dazu mich zu fragen. Teufel, du bist ein erbärmlicher Feigling, Mister Welden!"

Er musste sich eine Zigarette anzünden, um seine Unruhe zu vertuschen.

„Ja, du hast recht! Es geht um Frankie!" Endlich sprach er es aus. „Du hättest diesen schmierigen Typen hören solle. Sugar Baby nannte er dich. Sugar Baby! Das ich nicht lache! War der Kerl dein Liebhaber oder ist er es noch?"

Amüsiert schüttelte Anett ihr schwarzes Haar. „Sag mal, was glaubst du, Boy? Denkst du ich bin eine Nonne? Natürlich unterhielt ich flüchtige Beziehungen zu Männern. Du hattest auch welche zu Frauen, oder? Erinnere dich an Vanessa. Die Episode mit Frankie ist schon lange aus und vorbei. Ich habe eine einzige Nacht mit ihm im Hotel verbracht. Der Sex mit ihm war einmalig und bedeutungslos für mich. Allerdings belästigte er mich von Zeit zu Zeit mit seinen Anrufen. Aber Frankie interessiert mich nicht die Bohne."

Die Worte fielen Welden immer noch schwer.

„Ich habe kein Recht dir Vorbehalte zu machen. Ich war eifersüchtig und grundlos sauer auf dich. Dafür entschuldige ich mich. Ich bin ein törichter Idiot!"

„Dem stimme ich zu", lachte Anett, rutschte über den Sitz küsste ihn. „Du musst mir einfach nur vertrauen. Glaube mir, wenn ich jemanden liebe, dann bin ich bedingungslos treu."

„Ich werde mich bessern", versprach er.

Liebevoll kraulte sie seinen Hinterkopf. „Keine Versprechungen, die du nicht einhalten kannst!"

Schwungvoll startete sie den Motor und meinte: „Nun müssen wir schnellstens zu Mama Rosa. Jecks Verabredung mit der unbekannten Schönen dürfen wir nicht verpassen!"

***

Der Abend war wunderschön. Dunkelrote Rosen dufteten am Tisch und brennende Kerzen spendeten ein romantisches Licht. Das servierte Essen schmeckte vorzüglich und der halbtrockene Rotwein mundete großartig.

Doch am schönsten war das Mädchen. Ein Gesicht geschnitzt aus Elfenbein, marineblaue Augen, korallenrote Lippen, seidig schimmerndes Goldhaar. Grazile Figur, kleine feste Brüste, darüber ein hautenges, zitronengelbes Minikleid, Beine ohne Ende.

Jeck Born konnte es kaum glauben. Vor ihm saß sein Traummädchen.

Hell tönten die Kristallgläser beim Anstoßen und zwei Augenpaare tauchten ineinander.

Behutsam stellte Born das Weinglas zurück, ergriff die zarte Mädchenhand und flüsterte rau: „Wie wird dieser wunderbare Abend enden, meine liebste Denise? Mit einem gemeinsamen Frühstück?"

Ein Hauch von Schamröte erhitzte den Alabasterteint des blonden Engels und verlegen senkten sich die Augenlider.

Was für ein herrliches Wesen. Jeck war hin und weg.

In gespannter Erwartung fragte er: „Willst du, gemeinsam mit mir die aufgehende Morgensonne nach einer aufregenden Nacht bewundern, liebreizende Denise?"

Und er trank einen Schluck des köstlichen Tropfens.

Da flötete das einzigartige Geschöpf: „Ja, ich will, mein Schatz! Aber sag mir, Jeckylein, warum nennst du mich immer Denise? Ich heiße nicht Denise. Ich heiße Dennis!"

Beinahe wäre Born am Wein erstickt. Er würgte, er schluckte, bekam keine Luft mehr und spuckte den restlichen Rebensaft aus. Feuerröte überzog sein Gesicht. Nur langsam verdaute er das Gehörte und realisierte die makabre Wahrheit.

Die Göttin der Nacht entpuppte sich als Mann.

Vom Bartresen aus beobachteten Anett McCormick und Steven B. Welden die bühnenreife Szene.

Das war zu viel für Jeck Born und er explodierte wie ein Pulverfass. Verachtungsvoll betonierte er dem Transvestiten die Faust auf die niedliche Nase. Blut spritzte auf die lilienweiße Tischdecke und im Nu schwoll die Nase an. Entsetzt presste sich Dennis die Serviette an das getroffene Gesichtsteil.

„Wenn du mir nur noch einmal im Leben begegnest, werde ich dich töten", drohte Jeck Born und er meinte es todernst.

Dann marschierte er schnurstracks zur Theke und forderte mit bewundernswerter Selbstbeherrschung einen dreifachen Whisky von Mama Rosa.

Er tat als wären McCormick und Welden Luft für ihn und schüttelte das scharfe Getränk in die Kehle.

„Noch mal dasselbe", verlangte er und knallte das leere Glas auf den Tresen.

Ein vernichtender Blick traf Welden.

„Nur ein Wort von dir, ein einziges falsches Wort nur", kündigte Born eine Katastrophe an. „und es gibt eine Blutbad wie es New York noch nie erlebte. Ich durchlöchere dich mit meiner Wyatt Earp Kanone, dass du aussiehst wie ein Kaffeesieb."

Daraufhin kippte Steven B. Welden vor Lachen vom Barhocker.

***

Eine neuerliche, gründlichere Obduktion von Vanessa Hush's Leiche ergab das die winzigen Haut und Blutpartikel unter den Fingernägeln einwandfrei Phill Steel zugeordnet wurden.

Die neu formierte Sonderkommission entdeckte im Hauskeller des Lieutenant die Tatwaffe. Ein Klappmesser mit Holzgriff. Aus unerfindlichen Gründen hatte Steel das Messer nicht verschwinden lassen. Er reinigte es auch nicht zu gewissenhaft.

Das Kriminallabor enträtselte unter dem Mikroskop die dunklen Flecke auf der Klinge. Die chemische Analyse bewies, es war eingetrocknetes Blut von Vanessa Hush.

Sergeant Sam Brooker und Streifencop Jim Lure, beide auf dem Wege der Besserung, belasteten Steel schwer, indem sie ihn des Mordversuches an ihre und Weldens Person bezichtigten.

Vivien Hush bezeugte, dass Steel der Liebhaber ihrer Mutter war.

Auch der Tod von Emil Lach wurde ihm angerechnet. Bei der Gegenüberstellung identifizierte Kathy Breuer den Lieutenant als den Mann, dem sie die Adresse der Wohnung verraten musste.

Der sichergestellte Tatrevolver, mit dem Emil Lach erschossen wurde, stammte aus einem Einbruch in einem Waffengeschäft.

Der Staatsanwalt erhob Mordanklage gegen Lieutenant Phill Steel.

Der Haftbefehl für Welden wurde außer Kraft gesetzt.

Die Akte über die Mädchenmorde in den Wintermonaten an den Flussauen und der brutalen Erschlagung des Stadtstreichers Bill Murdock galt als abgeschlossen.

Der seelisch Kranke Dean Stanton, der den Freitod wählte, ging als der grausame Teenagerschlächter in die Kriminalannalen ein.

Seine Halbschwester Gail überlebte Dank der unermüdlichen Ärzte. Aber die psychischen Schäden werden vielleicht für immer bleiben.

***

Wenige Tage danach im Büro der *Privatdetektei Welden & Born*.

Leidvoll klagte Jeck Born: „Du musst mir unbedingt Arbeit abnehmen, Boy! Ich weiß sonst nicht mehr wo mir der Kopf steht. Das Telefon läutet pausenlos, alle drei Sekunden schellt es an der Tür. Boy, ich bin reif für die Klapsmühle. Übernimm wenigsten diesen simplen Versicherungsbetrug. Nichts aufregendes, ein einfacher Fall. Komm schon!"

Er wedelte mit dem Aktenordner vor Weldens Gesicht.

Doch der zeigte sich desinteressiert. „Sorry, alter Junge", bedauerte er und lupfte den gelben Panamahut von Wandhaken. „Ich habe Urlaub. Eine Woche Miami Beach mit Anett! Du weißt schon. Sieben Tage Sonne, Meer und Strand und eine wunderschöne Frau. Das gönnst du mir doch, oder?"

Jeck Born bot einen Anblick des Jammers hinter dem Schreibtisch.

„Tu mir das nicht an, Boy", lamentierte er. „Du bist nun zwei Wochen in der Stadt und ich gebe zu, du erlebtest ein paar hektische Tage, wurdest auch leicht verletzt. Aber der Fall ist jetzt aufgeklärt, deine Wunde ist verheilt und nun glaubst du, dir stehe bereits Urlaub zu? Ich finde das stark übertrieben und noch dazu höchst unfair!"

Grinsend konterte Welden: „Nichts ist fair auf dieser Welt, Jeck! Das meine ich nicht persönlich."

Er setzte den Hut auf. An der Tür drehte er sich noch einmal um. „Aber ich bin kein Unhold, Jeck. Daher habe ich für deine Unterstützung eine fabelhafte Sekretärin verpflichtet. Ich bin mir sicher, du wirst sie mögen."

„Was führst du im Schilde?", fragte Born misstrauisch.

„Lass dich überraschen, alter Kumpel!", tat Welden geheimnisvoll und öffnete die Bürotür. Er sagte zu der vor dem Eingang wartenden Person: „Komm nur herein, Denise!"

Ein reizendes Mädchen stöckelte auf hohen Pumps in den Raum. Über die gebrochene Nase klebte ein Gipsverband.

„Ich bin so glücklich, dass du mir nicht mehr böse bist, Jecky!" nuschelte Dennis überglücklich.

Jeck Born hockte auf dem Drehstuhl, als hätte ihm jemand einen Hammer auf den Kopf geschlagen.

„Was…was …ist los?", stotterte er.

Eiligst nahm Welden Reißaus, blieb aber lauschend im Flur neben der offenen Tür stehen.

Aus Leibeskräften brüllte Born den unschuldigen Dennis an. „Wie kannst du es wagen hier aufzutauchen! Raus, raus aus dem Büro, verschwinde aus meinen Augen, bevor ich den Verstand verliere! Du elende Schwuchtel, du…du verkleidetes Subjekt, ich habe dich gewarnt. Ich bringe dich um! Wo, gottverflucht ist, mein Schießprügel?"

Dann krachte ein Revolver und ein gläserner Bilderrahmen an der Wand zersplitterte in tausend Scherben.

Aufgeschreckt und vollkommen konfus flüchtete Dennis aus dem Gefahrenort. Er flatterte an Welden vorbei, verlor einen Stöckelschuh und humpelte wie ein Einbeiniger weiter, als säße ihm der Leibhaftige im Nacken.

Vorsichtig schaute Welden ums Eck.

Stierschnaubend stand Jeck Born am Schreibpult, beide Hände auf die Tischplatte gestemmt, knallrotes Antlitz, mordgierige Augen. Vor ihm lag der schwere 45er Trommelrevolver.

„Steven Boy Welden wo bist du?", tobte er. „Ich weiß, dass du in der Nähe bist! Komm heraus aus deinem Loch und zeige dich, du hinterhältiger Schuft! Na los, zeige dich, wenn du ein Mann bist!"

Auf leisen Sohlen schlich sich Welden davon. Ein verschmitztes Lächeln um die Lippen, den Hut schräg in der Stirn, die Hände tief in den Hosentaschen vergraben, spazierte er zum Fahrstuhl.

Wie Donnerhall dröhnte Jeck Borns Stimme über den Etagengang.

„Ja, schleiche dich nur davon, du elender Feigling! Du willst mein Freund sein? Ooooh, das werde ich dir niemals vergessen, niemals, hörst du? Ich kündige dir die Freundschaft. Du brauchst nach dem Urlaub nicht mehr wiederzukommen. Es ist besser für dich, du bleibst für ewige Zeiten in Miami Beach, denn hier in meinem Revier erwartet dich der Tod! Hast du verstanden, du jämmerlicher Waschlappen?"

Mitten im Treppenhaus streckte Welden spontan eine Faust gegen die Flurdecke und sagte laut: „Ja, ich bin wieder in der Stadt! Ich bin zurück in New York City!"

ENDE

Herstellung und Verlag:
BoD - Books on Demand, Norderstedt
ISBN 978-3-8370-8132-9